マドンナメイト文庫

義母の淫らな家 艶女たちの因習

伊吹功二

目次

contents

義母の淫らな家　艶女たちの因習

第一章　大河原家の艶女たち

斉藤三男《さいとうみつお》は、地方都市に住む三十歳の平凡な夫である。四つ年下の妻・優奈《ゆうな》と三年前に結婚し、賃貸マンションで平穏無事に暮らしていた。

仕事のほうも順調だった。一年ほど前に勤めていた会社から独立し、ようやく収入も安定してきたところだった。

三男は常々妻に感謝している。アパレル企業で働き、生活面でバックアップしてくれたことはもちろん、夫が不安定な自営を選んだときにも当初から賛成してくれたのだった。夫婦間の信頼がなければ、決して現在の幸せはなかっただろう。

そんなおり、義母が病に倒れたとの知らせがあった。

「たいしたことはないと思うんだけど、明日行って様子を見てくるわ」

夕食後、自宅リビングで優奈が言いだした。ソファに寝転んでいた三男はむくりと起き上がる。

「仕事は休むのか」

「ええ、そのつもり。ちょうどセールも終わって余裕があるのよ」

「だったら俺が行ってくるよ。時間は自由に使えるんだし」

三男は見舞いを申し出る。妻に対する常日頃の感謝を伝えるには、絶好の機会でもあった。

その気持ちは優奈にも伝わったのだろう。彼女は微笑んで言った。

「だったら一緒に行かない？　そのほうがお母さんも喜ぶだろうし」

「ああ、そうだな。お義父さんも出張でいないんだろ」

「ええ。人手はあって困らないものね」

こうして二人は揃って見舞いに行くことにした。義母の病状は深刻なものではないと聞いており、少し大げさな気もするが、たまの里帰りと思えばおかしくはない。

翌日、斉藤夫妻は優奈の実家へ赴《おもむ》いた。義父母の家は自宅から車で三十分ほどの郊外にあり、三男の実家からもさほど遠くない。おかげで盆暮れの帰郷には、同じ日に両家を行き来することもあった。

道中、優奈は運転する三男に言い出した。

「実を言うとね、お母さんから連絡があったとき、あなたも一緒に来てほしいって言われていたのよ」

「なんだ。それならそうと言ってくれればよかったのに」

「でも——なんか変じゃない。向こうからお見舞いをリクエストしてくるなんて」

「まあな。男手が必要な理由があるんじゃないか」

「そうね——」

そこで一旦会話が止まった。三男はそっと優奈の横顔を窺《うかが》う。結婚して三年になるが、二十六歳の妻はみずみずしく美しかった。

もうすぐ実家に着くというとき、優奈がまたふと口を開く。

「今朝、お母さんに電話したのよ。あなたと二人で行くって言ったら、すごくうれしそうだったわ」

「まあ、それはそうだろう」

「うん。ただね、声だけ聞いていると、とても病に伏せっているとは思えないような元気な感じなの」

「ふうん」

実の娘だけに感じるところがあったのかもしれない。だが、義母はまだ四十六歳だった。若いうちに優奈を身ごもり、現在もエステ店を経営するというバイタリティの持ち主だ。三男からすれば、義母が多少のことでは動じないのも当然に思えた。

「ともあれ、大事《おおごと》じゃなくてよかったじゃないか。大病で入院でもされたら、それこそ心配になるだろう？」

「まあね。だからお父さんも出張に行ったんだろうけど」

やがて車は住宅街に入る。瀟洒《しょうしゃ》な一軒家が建ち並ぶなか、ひと際目を引くモダンな三階建てが妻の実家であった。

「着いたわ。運転お疲れさま」

「手土産を忘れないようにな」

二台停《と》められるガレージの空いたところに車を停める。一台は義父が乗って出かけており、残っているのは義母専用の高級セダンであった。

門柱には黒曜石《こくようせき》に「大河原《おおがわら》」と彫られた表札が掲げられている。大河原姓は義母・千鶴《ちづる》の生家のもので、義父は婿養子に入ったのだ。三男はそのあたりの事情を詳しく聞いたことはなかった。義母が旧家の長子だからとか、そんな理由だろう。平凡なサラリーマン家庭に育った彼には、あまり縁のない世界だった。

「ただいまー」

「お邪魔します、三男です」

二人は玄関先で声をかけると、奥から普段着の千鶴が現れた。

「まあ、よく来てくれたわ。三男さんも久しぶり」

あまりにあっけらかんとした対応に優奈が眉をしかめる。

「ちょっと、寝てなきゃダメじゃない。なんでそんな恰好してるのよ」

「もう、この子ったら年々口うるさくなっていくみたい。これじゃどっちが親かわからないわ」

「でも、本当にお加減はよろしいんですか」

母娘が諍《いさか》いになる前に三男が口を挟む。

すると、千鶴は目を細めて言った。

「ありがとう。三男さんは優しいのね」

「それじゃ、あたしが冷たいみたいじゃない」

「なあ、優奈……」

「昨晩まではね、高熱が出て大変だったのよ。でも、今朝起きたらだいぶよくなっていてね。それにあなたたちが来てくれるって言うし」

かく言う千鶴は、普段より控えめではあるが、メイクもしっかり施《ほどこ》しているのだった。そもそも三男は、義母のすっぴんなどこれまで見たことがない。いつ顔を合わせても、女性のたしなみを欠かしたことのない人であった。

三人は自ずとリビングに移動した。荷物を下ろした優奈が再び切り出す。

「ところでご飯はどうしているの」

千鶴はL字ソファのコーナー部分に腰を据えていた。義母のお気に入りの場所だ。

「そう言えば、昨日の夜から何にも食べてないわ」

「ダメじゃない。栄養もつけなくちゃ。冷蔵庫には何があるの」

優奈は答えを聞く前にキッチンへと向かう。

リビングに残された三男は、持参した手土産を出した。来る途中で買った水羊羹《ようかん》は、義母の好物であった。

「あの、これお口に合うかわからないんですけど」

「まあ、うれしい。わたしの好きなものを覚えてくれていたのね」

すると千鶴は大げさに手を打ち鳴らし、喜んでみせた。エステ店の経営トップでありながら、こういった無邪気さを持ち合わせているのだ。

そこへ優奈が戻ってきた。

「やだ、冷蔵庫に何にもなかったわよ。普段お父さんに何食べさせているの」

「あら、そうだったかしら。でも、いいわ。さっき三男さんにいただいた水羊羹があるから」

「バカ言わないで――。わかったわ、今からスーパーへ行ってくる」

「そう？　なら、ついでに酒屋に寄って、ビールをケースで頼んできてもらえる」

こうして優奈はそそくさと買い物に出かけていった。

優奈が去ると、リビングは静かになった。大きな窓から見える庭は広かった。三男は初めてこの家を訪れたとき、あまりの生活レベルの違いに萎縮してしまったことを覚えている。

やがて千鶴が切り出した。

「お仕事のほうはどうなの。順調だって聞いているけど」

「ええ、おかげさまで。やっと会社員時代よりはよくなってきました」

「やっぱり。三男さんならできると思っていたわ」

自身も経営者であるせいか、義母は当初から彼の独立に賛成してくれた。優奈が応援してくれたのも、この母あってのことだろう。この点、三男の両親とはまるで感覚が違っていた。

「ところで、お義父《とう》さんはお元気なんですか」

「ええ。仕事であっちこっち飛び回っているわ」

「お忙しいんでしょうね」

三男は相槌《あいづち》を打ちながら、ふと義母がこちらをジッと見つめていることに気づく。

「やっぱり顔つきが違うもの。独立して正解だったのよ」

「はあ……。あの、ありがとうございます」

義母を見やった三男は口ごもってしまう。前屈《かが》みになった千鶴のVネックから、たゆたう胸の谷間が覗いているのだ。

しかし、当の本人はまるで意に介していないらしい。

「優奈も惚れ直した、ってところかしら」

「いや、まあ……」

見てはいけない。三男は必死に抗《あらが》うが、揺れる膨らみを目で追ってしまうのは、哀しき牡の性《さが》である。

そんな婿の苦境を知ってか知らずか、千鶴は膝に両肘を突き、さらに襟元の隙を緩めていく。

「それで？　夜のほうも順調なの」

「え……」

唐突な質問に三男はとまどう。当然だ。いくら義理の親とは言え、夫婦の営みのことまで訊《たず》ねるのは普通ではない。

彼が答えられないでいると、千鶴はさらに続けた。

「仕事熱心なのもいいけれど、夫婦の時間は大切にしなければいけないわ」

「ええ、それはもう……。わかっているつもりなんですが」

すると、千鶴はふと尻をずらし、三男に近づいてきた。

「あの子もがむしゃらになっちゃうと、周りが見えなくなることがあるから」

化粧の甘い香りがぷんと鼻をつく。香水も付けているのだろうか。三男の胸は高鳴っていく。

「三男さん、あなただっていつまでも若くはないのよ」

「は、はあ……」

子供のことを言っているのだろうか。一人娘を持つ義母にとって、初孫を早く見たいのは道理ではある。

だが、事はそう単純ではないようだった。

「ここだけの話だけど、うちの人も昔ダメになっちゃったときがあって」

千鶴は秘密めかして言いながら、スカートを穿いた太腿を彼に押し当ててきた。

三男のとまどいはますます深まる。いったい何の話をしようというのか。

「お義父さんがその……ダメというのは？」

「あら、おぼこぶって。あっちのほうに決まっているじゃない」

三男とて、話の流れから意味くらいはわかっている。夫婦の営みのことを言っているのだ。しかし、彼の常識には義母とセックスの話をする感覚はなかった。

三男が困惑し黙っていると、千鶴はさらに続けた。

「そのときは、どうやら精神的なストレスが原因だったみたいだけどね。一時はわたしが悪いんじゃないかと悩んだものよ」

「いえ、そんなことは決して……」

四十代後半になった義母は、いまだ「現役の女」感がすごかった。聡明な美しさの娘と違い、彼女はある種の悪女的な魅惑を放っていた。現在ですらそうなのだから、かつての千鶴が夫に飽きられたとは考えにくい。

「結局、肉体的には問題なかったんだけどね。あるマッサージをしてあげたら、すっかり元気になったの」

彼女は言うと、おもむろに三男の鼠径部《そけい》に手を這わせてきた。

「ここをね、優しく擦ってあげるといいみたい」

「あ……。お義母さん……」

「どう？　気持ちいいでしょう」

千鶴は顔を覗き込みながら、脚の付け根を念入りに擦る。揃えた指先が、今にも肝心な部分に触れそうだった。

「リンパを流してあげるの。優しく、丹念に」

「ふうっ……っく」

三男は息が上がりそうなのを懸命に堪える。

千鶴はその表情を見て、うれしそうだった。

「ほーら。だんだん血流が下に集まってくるのがわかるでしょう」

病床の義母を見舞いに来たはずが、なぜこんなことになっているのか。三男の頭は混乱していた。妻がいつ戻ってくるのかわからないのに、千鶴はいったいどういうつもりだろう。

「──わ、わかりました。もう結構です」

優奈の顔が思い浮かび、理性がなんとか働いた。実際、彼の逸物は五割方膨張しかけていたのである。

するとと、千鶴も案外あっさり手を引いた。

「あら、そう」

彼女は言うと、すっと彼のそばを離れる。

三男はホッと胸を撫で下ろした。あのまま義母が止まらなければ、自分もどうなっていたかわからない。

ところが、千鶴はさらに想定外なことを言いはじめたのだ。

「本当を言うとね、病気っていうのは嘘だったの」

「は……？」

「あなたを呼び出すための方便だったのよ」

三男の混迷は再び深まる。いったい何の理由があって、義母はこんな手の込んだ茶番を仕掛けたというのか。

彼が疑問をぶつけると、千鶴は改まった様子で語り出した。

「大河原の家にはね、昔から受け継がれている『婿殿籠《ごも》り』っていう風習があるの」

「はあ」

たしかに義母の実家、すなわち優奈の祖父母の家は、田舎に広大な農地を所有する旧家であることは聞いている。だが、風習の話は初耳だった。

千鶴曰《いわ》く、大河原家の女を娶《めと》った夫は、その妻に内緒で一定期間本家に籠らなければならないというのである。

なんとも時代錯誤な話ではないか。三男は義母の正気を疑ったほどだった。さっきの愛撫じみたマッサージもそれと関係あるのだろうか。

「その——『婿殿籠り』ですか。それは妻も知っているんでしょうか」

「いいえ、あの子はまだ知らないわ。言ったでしょう、妻には内緒にしなければならないのよ」

「しかし……」

「大丈夫。あの子にはちゃんとあとで説明するから。とにかくもうすぐ迎えが来るはずなのよ」

千鶴は言うと、スマホでメッセージを確認する。その様子には、異常なところは微塵も感じられない。

すると、まもなくして玄関に人の訪れる物音がした。

「あ、来たみたい」

千鶴はそそくさと迎えに出る。

リビングの三男は、不穏な胸騒ぎに駆られていた。ただの慣例的な風習ならば、彼とて無碍《むげ》に逆らうつもりもない。数日本家に逗留しろというならそれもいい。だが、先ほどの義母の行為を鑑《かんが》みると、そんな甘いものではない気がするのだ。

すると、まもなく千鶴が訪問者を従えて戻ってきた。

「三っちゃん、お久しぶり」

現れたのは、千鶴の妹・万里子《まりこ》であった。

「あ、ご無沙汰しています」

「今回のことでね、万里子に迎えに来てもらったのよ」

「三っちゃんには、もう説明したの？」

「今したところ。三男さん、わたしもあとから向かうから、万里子と先に行ってもらえるかしら」

どうやらすべては最初から仕組まれていたらしい。恐らく叔母も近くで待機していたのだろう。三男は何だか怖くなり始めた。

「ちょ、ちょっと待ってください。まさか今から……」

「そうよ。優奈が帰ってこないうちに出かけてもらわなきゃ」

「外に車を停めてあるから、早く行きましょう」

「ですが、その……いろいろと案件もありますし」

三男がためらいを見せると、千鶴は一喝した。

「グズグズ言わないの。いい？　これはあなたたち夫婦のためなのよ」

それまでの柔和さとは打って変わり、義母の態度には有無を言わせない迫力があった。なんだかんだ言っても、さすがは経営者だった。

結局、こうしてなし崩しに三男は大河原本家へ向かうことになったのだ。

大河原家は、千鶴の家からさらに奥まった山里にある。車で小一時間ほどの場所だ。迎えに来た万里子が運転し、三男は助手席に乗っていた。

「ビックリさせちゃったかしら」

万里子は慣れた手つきで運転しながら話しかけてきた。

三男は沈んだ声で答える。

「ええ。突然なもので、何が何だか……」

「そりゃそうよね。もしあたしが三っちゃんの立場だったら、絶対文句を言っているもの」

姉より八歳年下の万里子は、測量士の夫を持ち、本家と同じ集落に住んでいた。能動的で人好きのする千鶴と違い、比較的クールなタイプであった。

「お姉はあのとおりの人でしょ。わざと三っちゃんを驚かせて喜んでいるんだわ」

「はあ」

まだ混乱の最中にある三男は生返事する。だが、叔母と言っても万里子は彼と八歳しか違わない。千鶴よりは腹を割って話せそうな気がした。

「あの、風習って本当にあるんですか」

現代にあって人さらいのような真似をするのが、現実だとはまだ信じられない。何かの冗談か、サプライズのようなものだと思いたかった。

しかし、万里子は真っ直ぐ前を眺めながら言った。

「嘘みたいだけど本当なのよ。実際、文彦《ふみひこ》さんも、あたしの旦那も同じことを経験しているんだから」

文彦というのは千鶴の夫である。三男は義父の顔を思い浮かべ、ますます信じがたい思いに駆られる。

「それで、本家では僕は何をさせられるんでしょうか」

「それは行ってみてからのお楽しみ。悪いようにはならないから安心して」

万里子は多くを語らず、運転に専念した。その横顔を見やると、どこか楽しそうだった。性格は対照的とはいえ、やはり千鶴とは血のつながりを感じさせる。

やがて車窓の風景に緑が多くなりはじめた。広大な平野には田畑が広がり、遠くには山々が連なっている。大河原家のあるN町に入ったのだった。

本家は古くからの農家だった。祖父母はすでに引退し、田畑の多くは人に譲ってしまったものの、いまだ地域の名家として知られている。

(今頃、優奈は驚いているだろうな)

助手席の三男はふと思い立ち、ポケットからスマホを取り出した。義母が説明するとは言っていたが、自分からも一応知らせておこうと思ったのだ。

ところが、それをめざとく見つけた万里子が制止する。

「優奈ちゃんに連絡しようとしてるなら、ダメよ」

「え……。いや、ですけど」

「奥さんには内緒で、って言ってたでしょ。ほら、貸しなさい」

万里子は言って、手を差し出す。三男が渋っていると、運転しながら助手席のほうを向いて顔で促《うなが》すのだ。いくら田舎の一本道とはいえ、脇見運転は危ない。しかたなく彼はスマホを叔母に渡すのだった。

「ごめんね。あたしも、こんなことはしたくないんだけど」

ようやく万里子は前を見て運転しだした。ホッとする三男。

そして、まもなく大河原家が見えてきた。広がる田畑の真ん中にそびえ立つ日本家屋は遠くからでも目についた。敷地を区切る塀のようなものはなく、代わりに立派な松や竹林が設えられている。

車はやがて母屋の前に停められた。

「着いたわ。降りて。あたしは車をガレージに置いてくるから」

「はい」

もうここまで来たら開き直るしかない。万里子も、「悪いようにはしない」と言ってたではないか。突然のことに動揺してしまったが、恐れるようなことはなにもないはずだ。

三男は車を降りると、玄関へ向かった。久しぶりの挨拶に来たと思えばいい。

「こんにちは。三男です」

上がりがまちで声をかける。長い廊下は静かだった。祖父母はいないのだろうか。

すると、奥の部屋から人影が現れた。祖父の毅一郎《きいちろう》だ。後期高齢者となり、農業も引退した祖父だが、長年外仕事で日に灼けた顔はいまだ精悍《せいかん》だった。

「あ、ご無沙汰しています。優奈の連れ合いの三男です」

三男は改めて挨拶するが、祖父に出迎える様子はない。それどころか、まるで無視するように別の部屋に引っ込んでしまったのだ。

(でも、今明らかに俺の顔を見たよな……)

祖父はまだ惚けるような年でもない。彼が不思議に思っていると、そこへ万里子が慌てたようにやってきた。

「ちょっと、ダメよ。三っちゃん、こっちにいらっしゃい」

「え。え……？」

強引に腕を引かれ、玄関から連れ出されてしまう。

「あなたはこっちよ」

万里子は言うと、彼を離れのほうへと導いていった。かつて蔵として使っていた建物を改装し、母屋《おもや》と外廊下でつないだ部屋である。親戚などが集まったときに、寝泊まりできるよう設《しつら》えたものだ。

三男が離れに入るのは、これが初めてだった。

「万里子さん、どういうことですか」

「今日からあなたはここに寝泊まりするの。いい？　その間、絶対母屋へは立ち入らないでちょうだい」

少し落ち着きかけていた三男だが、またぞろ不安になってきた。要するに、彼は数日間、離れに幽閉されるということらしい。

スマホを没収され、田舎家の離れに閉じ込められた三男。だが、いざ過ごしてみると、意外にその暮らしは快適なものだった。

改装された蔵は広く、二十畳敷きの真新しいい草の香りがかぐわしい。窓が少ないため昼でも薄暗いのが難点だが、風呂やトイレも備え付けてあり、高い天井が都会暮らしの彼には新鮮だった。

「まずはゆっくりしてて。もうすぐ夕飯だから」

万里子はそう言うと、彼を離れに残して去ってしまった。

「参ったな……」

だだっ広い和室に一人残され、三男は呆然とする。やることもないので、畳に大の字になってボンヤリ物思いに耽っていた。

すると、まもなくして外廊下に面した扉をノックする音がした。

「はい、どうぞ」

そう言って現れたのは、若い女であった。夕食の膳を運んできたようだ。

「失礼します……」

三男は記憶の糸を辿る。

「えっと、あなたはたしか……」

「当家の女中を務めております、心春《こはる》でございます」

心春は畳に三つ指をついて挨拶した。

「ああ、心春さんか」

三男が大河原家を訪れたのは、これまで数回しかない。だが、以前に法事で来たときも、彼女が台所で忙しそうにしているのは見かけていた。

「本日より、三男さんの身の回りのお世話をさせていただきます。ふつつか者ですが、どうぞよろしくお願いいたします」

「あ、いえ。こちらこそお願いします」

心春の格式張った物言いに、三男は恐縮してしまう。そもそも今どき「女中」という呼び名が古めかしいではないか。

「ご飯をおつけいたします」

そんな三男の思いをよそに、心春はお櫃《ひつ》からご飯をよそう。汁物も、小さな鍋に入った温かいものが出された。一人用の膳に並んだ料理も、田舎らしく素朴なものだが、どれも美味そうだった。

「ありがとう。あとは自分でやるからいいですよ」

夕餉《ゆうげ》の膳を用意され、三男は言うが、心春は少し控えた場所から動こうとしない。

「あの……食べ終わったら、また知らせるから」

彼女にジッと見られていては食べづらい。改めて遠慮の段を伝えるものの、彼女は頑《かたく》なに「旦那様から申しつかっておりますので」と言い張るのだった。

三男も最初は気兼ねしたものの、田舎料理に舌鼓《したつづみ》を打つうちに女中の存在にも慣れていった。

何より心春は美麗な女だった。たしか年齢は妻と変わらない、二十代半ばくらいのはずだった。母屋の女中部屋に起居し、母親の代から大河原家に仕えていると聞く。

「心春さんは、いくつになるんだっけ」

「今年二十五になります」

「なら、うちの妻と一つ違いだ。結婚はしないの」

「ええ。いいご縁があればと考えています」

心春は話しかければ世間話には応じたが、例の風習のことになると、「わたくしは存じ上げませんので」と繰り返すのみだった。

当初は不安だらけだった三男だが、次第にこの状況も悪くないと思いはじめていた。美しい女中に上げ膳据え膳でもてなされ、ちょっとした殿様気分にもなれるのだ。こんなことなら、何も恐れる必要はなかったのかもしれない。


だが、事件は夕食後に起きた。

心春は離れを辞去する前に、風呂の支度もしてくれていた。脱衣所には着替えの用意もしてあるとのことだった。

腹がきつくなった三男は他にすることもなく、せっかくだからと浴室へ向かう。脱衣所に入ると、なるほど女中の言ったとおり着替えがあった。浴衣だ。寝間着に浴衣とは、ますます旅館の風情が感じられる。

「まあ、このところ忙しかったからな」

半ば強引に連れてこられた三男であるが、こうなったら休暇のつもりでのんびりするのも悪くないと思いはじめていた。人間とは環境に順応するものだ。

そして浴室もまた素晴らしかった。風呂場の壁や浴槽は総檜造りで、床もタイルではなく石畳が敷かれているのだ。贅を凝らした設えであった。

三男はさっと汗を流し、湯に浸かる。

「あ〜、最高だ。優奈にも味わわせてやりたいな」

檜《ひのき》のいい香りに包まれながら、彼は妻のことを思いやる。

すると、そのときだった。浴室の扉に人影が映った。

「三っちゃん、お湯加減はどう」

万里子だ。まさか風呂場に現れるとは思わず、三男は焦る。

「あ、いや……。とてもいい感じです」

「そう。なら、よかった」

わざわざ湯加減を聞きに来たのだろうか。しかし、万里子は立ち去らず、何やらもぞもぞと蠢《うごめ》いている。扉の曇りガラス越しに見ていると、彼女はどうやら服を脱いでいるらしいことがわかった。

(まさか入ってくるつもりじゃないよな)

三男の鼓動が高鳴っていく。叔母と言っても、万里子は姻族である。要するに血のつながりはなく、遺伝子的にはあくまで他人同士なのだ。

(どうしよう)

浴槽の三男は身動きできない。これは大変なことになったと思っていると、ついに浴室の扉が開き、万里子が入ってきた。

「背中を流してあげる」

だが、万里子はTシャツと短パンを身に着けていたのだ。

それはそうだろう。勝手に全裸を想像していた三男は苦笑する。

「あら、どうしたの。妙な顔して」

「あ、いえ。何でもありませんけど」

しかし、こちらが全裸であることには変わりない。彼はとっさにタオルを取って、湯中の股間を覆い隠す。

洗い場に立つ万里子は言った。

「何やってるの。上がってくれなきゃ、背中を流せないじゃない」

「はあ、しかし……」

「あら、恥ずかしがってるの——わかった。なら、あたしは目を瞑《つぶ》っているから、その間にお上がりなさいな」

彼女は言うと、実際に両手で目を覆ってみせた。

「じゃあ、はい。わかりました」

今さら出ていってくれと言えず、三男は渋々湯から上がる。

しかしその反面、彼は薄着で佇《たたず》む万里子に見惚れていた。彼女は普段カジュアルなトレーナーやパンツスタイルが多く、こうあからさまにボディラインを目にすることはなかったのだ。着痩せするタイプなのか、意外に豊満な肉体をしている。

「もう出た？　そこの椅子に座るのよ」

「は、はい。もう座ってます」

肉体を垣間《かいま》見たのは一瞬だが、叔母のむっちりした太腿が目に焼きついている。

すると、背中で万里子の声がした。

「ほら、タオルを貸してちょうだい。洗ってあげられないじゃない」

彼女は、三男が後生大事に抱《かか》えているタオルを渡せと言う。

（まあ、後ろを向いているからいいか）

彼はそう思うことにして、後ろ手にタオルを渡した。

万里子はボディソープの泡を立て、背中を流しはじめた。

「今日はバタバタして疲れたでしょ」

「いや、まあ――。でも、運転は万里子さんがしてくれましたし」

「そういうことじゃなくて、精神的にってこと。ほら、お姉のやり方ときたら、まるで三っちゃんを困らせて喜んでいるみたいだから」

「はあ」

柔らかなタオルの感触が背中を往復していた。気持ちいい。だが、股間が無防備だった彼はなるべく膝を立て、背中を丸めて大事な部分を隠そうとした。

背後で万里子が語る。

「そろそろどういうことか教えてあげようか」

いよいよ疑問が解消されるのだ。意気込んだ三男は思わず後ろを振り向いた。

「例の『婿殿籠り』のことですよね。教えてください。もう何が何だか……」

だが、彼の目に飛び込んできたのは、万里子の豊満な肉体だった。湯気でTシャツが体に貼り付き、透けて乳房の形までハッキリと浮かんでいたのだ。

「すっ、すいません……!」

三男は反射的に謝り、慌てて顔を背けた。動悸が昂ぶる。

一方、万里子は落ち着いたものだった。

「何も謝ることないじゃない。いいのよ、じっくり見てもらっても」

彼女は何を言っているのだ。三男は混乱する。

すると、万里子の両手が脇に差し込まれ、彼の胸板をさすってきた。

「痩せて見えるけど、意外と逞しいのね」

「ちょっ……万里子さん何を……」

「何をって、洗ってあげているだけじゃない。三っちゃんこそどうしたの」

「……っく」

泡をまとった手が、三男の乳首を弄んでいた。楽しんでいるのだ。

「いい加減、あたしも暑くなってきちゃった。脱いでいい？」

万里子は返事を必要とせず、Tシャツを首から抜いてしまう。下には何も身に着けていなかった。

「今度は背中と前を両方洗ってあげる」

彼女は言うと、体をピタリと彼の背中に押しつけてきた。

乳房の柔らかい感触が悩ましい。

「ふうっ、ふうっ」

三男は懸命に堪《こら》えようとした。異常な状況だった。

かたや万里子のボディ洗いはエスカレートしていく。

「三っちゃん、どう。感じる？」

「感じ……っく。マズいですよ、こんなこと……」

「ねえ、こんなことしてたら、あたしも感じてきちゃったみたい」

耳元で囁《ささや》く万里子の声も、次第に艶っぽくなっていった。

俯き耐える三男。逸物に血流が集まりはじめた。

「ふうっ、ふうっ」

「こっちも綺麗にしてあげなきゃね」

そして、ついに万里子の手が肉棒を捕らえる。三男は呻《うめ》いた。

「ううっ、そこは……」

「わあ、すごいのね。もうこんなに大きくなってる」

泡塗《まみ》れの手が肉棒をゆっくりと扱《しご》いていた。逸物は瞬く間に勃起し、青筋立てて反り返っていく。

だが、三男にもまだ理性の欠片が残っていた。

「こんなのマズいですよ。もし、誰かに見られたら……」

「あら、誰に見られるって言うの？　ここは大河原家の離れなのよ。そして三っちゃん、あなたは『婿殿籠り』の当事者なの。こうするのが務めなのよ」

風習の真相は、あまりに常識外れなものだった。曰く、大河原家の女を娶った男子は一定期間離れに幽閉され、その家の女たちから寵愛《ちょうあい》を受けなければならないというのである。

手コキに甘んじながらも、三男は言った。

「なんですか、それ。時代錯誤なんてもんじゃ——」

しかし、万里子の手遊びは執拗だった。

「いいじゃない、そんなの。三っちゃんだって、気持ちいいんでしょ」

「ふうっ、ううっ……」

「ほらぁ、オチ×チンの先っぽからおつゆが漏れてるよ」

叔母の両手は巧みに肉棒と玉袋を揉みほぐした。普段はクールに見える万里子だが、彼女自身、いつしか興奮しているようだった。

「そろそろいいわね」

彼女は言うと、風呂の湯で泡を流してくれる。

(俺は、夢でも見ているのか……)

されるがままの三男は思考力を失っていく。確かにこれまで八歳しか違わない万里子を女として見たことが一度もなかったと言えば、嘘になる。

だが、それとこれとは別次元の話だった。

「三っちゃん、立ってちょうだい」

それでも事態は進んでいく。万里子に言われ、彼は催眠術にかけられた人のように言うとおりにした。

するとどうだろう。すでに万里子は下も脱いでいたのだ。

「ごくり」

三男は無意識に生唾を飲んでいた。はち切れんばかりの肉体は、まさに女盛りといったところだ。Ｆカップはあろうかという乳房はいまだ張りを保ちつつ、腰回りにはほどよく脂が乗っている。

万里子は、そんな彼の熱い視線を十分意識しているようだった。

「やだぁ。三っちゃんにそんなふうに見られたら、こっちも恥ずかしくなっちゃう」

「す、すみません……」

「ううん、いいのよ。あたしだって女だもの。うれしいの」

「……」

「こんなに元気になってくれているし」

彼女は言うと、おもむろにしゃがみ込んだ。

興奮と畏怖が三男を包む。こめかみがドクドク鳴っていた。

「ああ、万里子さん……」

「あたし、もう我慢できない。舐めちゃお」

言うが早いか、万里子は怒張を咥えてしまった。

三男の背中に戦慄が走る。

「はううっ……」

「んふ。おいひ――」

万里子は何の衒《てら》いもなく、義理の甥の肉棒をしゃぶっていた。

やがてストロークが繰り出される。

「じゅぷっ、じゅるるるっ」

「うはあっ、ううっ。こんなことが……」

本来なら、許されるわけもない行為であった。三男は懊悩するが、叔母の舌遣いは巧みに性感帯をくすぐり、感情とは裏腹に腰が前に出てしまうのだ。

万里子は床に膝をつき、首を前後に振り立てた。

「こんなに硬いオチ×チン、久しぶり。うちの亭主にも見習ってほしいわ」

「はうっ……そ、そんな……」

「優奈ちゃんは幸せね。三っちゃんが旦那さんで」

フェラチオしながら万里子は語る。禁断の行為に耽りつつ、互いの伴侶を持ち出したりして、彼女に罪の意識はないのだろうか。

だが、三男もそんな叔母を責めきれなかった。

「ハアッ、ハアッ。ああ……」

本当に嫌なら止めることもできただろう。しかし、彼はそうしなかった。見下ろす景色にウットリ見惚れ、股間に響く悦楽に酔い痴《し》れていたのだ。

「じゅっぷ、じゅるっ、じゅぱっ」

「ハアッ、ハアッ」

太竿を啜《すす》る音と激しい息遣いが浴室に響く。今朝までは普通の叔母甥だったはずが、気付けば男と女になっていた。

「ぷはあっ――。あん、あたしも欲しくなってきたわ」

万里子は言うと、フェラをやめて立ち上がる。

二人の顔が見つめ合った。

「三っちゃん、あたしのも触って」

「はい……い、いや……」

「ここまできて、女に恥をかかせるつもり？」

妖艶な万里子の顔が迫り、おのずと唇同士が引き寄せられる。

「ん。ちゅろ……」

「ふぁう……レロッ」

キスしたとたん、ねっとりと舌が絡み合う。三男は目を瞑り、女の甘い息の匂いを嗅いだ。いまだ背徳感は拭《ぬぐ》えないものの、募る劣情に身を任せ、気づけば叔母の体をきつく抱きしめていた。

「万里子さんっ」

「ああん、三っちゃんのキスいやらしいわ」

そうして舌を絡め合いながらも、万里子は逆手で肉棒を扱いた。

三男はもはや何も考えられず、右手を叔母の股間に伸ばす。

「あはあっ、感じちゃう」

とたんに万里子が喘ぎを漏らす。割れ目はしとどに濡れていた。

「ああ、すごい。万里子さんの……ビチョビチョだ」

「あんっ、んふうっ。三っちゃんの触り方、上手《じょうず》」

互いの性器を手で慰め合いながら、理性と常識はなし崩しになっていく。

「ねえ、これ欲しい。オチ×チン挿れて」

万里子が甘い声で囁いた。

「うう……っく」

ためらう三男。ここに至り、まだ一線は越えていないという思いがあった。

しかし、手に触れる花弁は濡れそぼり、牡の本能をいやが上にも煽りたてた。

「あああ、万里子さん俺……」

「三っちゃんも欲しいんでしょ。ほらぁ」

すると、万里子は焦れったそうに激しく肉棒を扱きたてる。

「うはあっ、それ……万里子さんっ」

「少し腰を落としてくれなきゃ、挿れられないじゃない」

「は、はい……」

立ったまましようというのだ。もはや三男に選択肢はなかった。否、実際はまだ選べるはずだが、彼は本能の欲求に従うことにしたのだった。

彼が膝を曲げて腰を落とすと、万里子は手にした肉棒を花弁に導いていく。

「んふうっ、入ってきた」

「おうっ……」

亀頭が割れ目を押し入っていく感覚に脳が痺れる。

万里子もウットリとした表情を浮かべていた。

「大きいの――ああ、いいわ」

気づいたときには根元まで埋もれていた。一線を越えたのだ。

「あたしたち、いけないことをしているのね」

自《みず》ら誘惑しておきながら、万里子は罪の意識を口にする。

三男からすれば、こんな理不尽なことはない。

「そんなこと言ったって、万里子さんが……ふうっ」

「だけど、こうするのがあたしたちの務めなのよ」

彼女にも葛藤《かっとう》はあるのだろうか。大河原家の女として、あくまで義務を果たしているのだと主張した。

だが、肉体は正直だ。蜜壺の温もりに肉棒は先走りを吐いていた。

「はううっ、万里子さん……」

「ねえ、抱いて。思いきりブチ込んでほしいの」

万里子は言うと、彼の耳たぶを噛んできた。

もはや逃れる術はない。三男は慎重に腰を引き、突き上げた。

「うはあっ」

「んあああっ」

ぬちゃっと湿った音が鳴り、同時に万里子が喘ぎ声を漏らす。その悩ましい音と声が、三男の本能に火をつけた。

「もうダメだ。我慢できないよ」

「我慢する必要などないわ。思いきり突き上げて」

「万里子さんっ」

「ああっ、三っちゃん」

そして、ついに本格的な抽送が始まった。

「ハアッ、ハアッ、ううっ……」

三男は叔母の腰肉を摑《つか》み、無我夢中で太竿を突き入れる。

「あっふ、イイッ。んああっ、もっと」

かたや万里子は彼の首に腕を回してしがみつき、自らも腰を蠢かした。

「ハアッ、ハアッ、ハアッ、ハアッ」

「あんっ、んふうっ、あっ、あああっ」

総檜造りの浴室に男女の喘ぎが響き渡る。殊に万里子の声は大きかった。都会暮らしの三男と違い、周囲に人の少ない地元暮らしが長いせいだろうか。

「あっひ……すごい。三っちゃんのが、奥に当たるの」

Fカップの乳房を押しつけながら、彼女は身悶え、悦楽に没入した。

「ハアッ、ハアッ、あああ——万里子さん」

三男の感じる愉悦もいや増していく。叔母の痴態を目の当《ま》たりにし、悦びが奥底から突き上げてくる。こんなにいやらしい女だったのか。

「ハアッ、ハアッ、ハアッ」

「あんっ、ああっ、イイッ」

禁断の悦楽が、営みをさらに燃え上がらせた。二人の息遣いは荒く、互いをこれまでとは違った目で見つめさせる。

「うはあっ、万里子さぁん——」

もっと奥まで突き入れたい。三男はたまらなくなり、万里子の片脚を腕に抱えて開かせた。

「はうっ……三っちゃん」

片脚立ちで不安定になった万里子がよろけそうになる。

しかし幸いなことに、後ろに壁があった。万里子は壁に背中を預け、三男の抽送もさらに激しさを増していく。

「ああああっ、締まる……」

「はひいっ、イイイーッ。あたしもう——イッちゃいそうよ」

「俺も……ううっ。もうダメかも」

実を言えば、三男も妻との営みはしばらくご無沙汰だった。夫婦仲は決して悪くはない。だが、会社を辞めて独立して以来、ここ一年は仕事に全精力を傾けていたのだった。

そこへきて久しぶりのセックスだった。しかも、相手が叔母とくれば、彼の異様な興奮も無理からぬことであった。

「ハアッ、ハアッ。あああ、もうダメだ――」

牝汁塗れの肉棒が盛んに射精を促してくる。

「んああっ、イイッ。あふうっ、イッちゃうううっ」

かたや万里子も燃え盛っていた。白い肌に汗を浮かべ、女盛りの肉体を打ち振るわせて喘ぐのだった。

異常な家のしきたりから始まった交わりであるが、ひとたび快楽に没入してしまえば、普通の男女の営みとなんら違いはない。

「ダメえっ、あたしもう――イクッ、イッちゃうううっ」

「万里子さん……俺も。ハアッ、ハアッ」

「イッて。あたしも――んあああーっ、イイイイーッ」

万里子はひと際高く喘ぐと、彼にしがみついてくる。

その拍子に蜜壺が締まり、肉棒は限界を迎えた。

「うはあっ、出るっ！」

「はひっ……イクうっ！」

白濁が放たれるとほぼ同時に万里子も絶頂した。激しいアクメに顔を歪ませ、彼女は腰が砕けたようになっていく。

「はううっ、ううっ……」

三男は危うく叔母を抱き留め、残り汁も中に注いだ。

「あぁあ……」

やがて万里子は放心したようになり、壁に背をつけたまま、ゆっくりと膝から崩れ落ちていく。そのせいで結合が外れ、尻餅をついた彼女の割れ目から溢れた白濁が石畳にこぼれ出るのだった。

めくるめくひとときを終え、三男は魂が抜けたようになっていた。同じようにぐったりする叔母を眺めながらも、自分が何をしたのかしばらく理解できなかった。

ようやく息が整うと、万里子は言った。

「すごくよかったわ。三っちゃんも溜まっていたんじゃない」

「あ、いえ……こちらこそ」

どう答えていいかわからず、チグハグな返答になってしまう。

一方、万里子は落ち着いたものだった。

「まあ、いいわ。今夜はゆっくり寝てちょうだい」

そう言うと、脱ぎ捨てた服を拾って浴室から出ていったのだ。

一人残された三男は複雑な心境だった。叔母にはああ言われたが、今夜は寝つけそうにない。義母もこうなるのがわかったうえで彼を送り出したのだ。妻との平和な暮らしが懐かしく思われた。

第二章　若き牝鹿のフェロモン

翌朝は午前七時に起こされた。スマホは取り上げられているのでアラームで起きたのではなく、心春が彼の枕元まで起こしに来たのだ。

「三男さま、朝でございます」

女中にやさしく肩を揺さぶられ、三男は目覚めた。

「やあ、おはよう」

「昨夜はゆっくり休まれました？」

「うん、まあ……」

寝ぼけ眼《まなこ》を擦りながら、三男は布団から起き上がる。

すると、すかさず心春が盆に載せた湯呑みを差し出した。

「おめざでございます。どうぞ」

「白湯《さゆ》か。ありがとう」

彼は湯呑みを受け取って、ほどよい熱さの白湯を飲む。たっぷり寝たはずだが、全身の疲労が抜けていない。昨日から意外なことばかりで、緊張のしっぱなしだったせいだろうか。

（万里子さん……）

叔母との営みは、今もその感触が残っている。思い出すだけで罪悪感と愉悦の記憶に苛まれ、全身がカアッと熱くなるようだ。

「すぐに朝食になさいますか。それともお風呂で汗を流されますか？」

心春の声に三男はハッと我に返った。

「あ、いや。風呂はいいよ」

「では、お食事の支度にかかりますので」

「うん、頼むよ」

三男が言うと、心春は「かしこまりました」と三つ指をつく。だが、扉の手前で思い出したように、「朝は千鶴さまと万里子さまもご同席なさいます」と言って出ていくのだった。

まもなく離れに膳が三つ用意され、千鶴と万里子もやってきた。

「まったく優奈を言い聞かせるのは大変だったわ」

席に着くなり千鶴が言いたてた。

すると、万里子は味噌汁を啜りながら応じる。

「お姉が来たの、夜中だったものね。二時過ぎくらいだったかしら」

「二時半よ。お肌に悪いったらありゃしない――あら、美味しそうな干物」

「加納《かのう》さんとこの息子さんが送ってくれたのよ」

「孝太郎《こうたろう》のこと？　あの男、どうしてるの」

「たしか去年結婚して、もうすぐ子供も生まれるみたいよ」

姉妹が噂話に花を咲かせている一方、三男はいたたまれない気持ちで一人黙って食べていた。

なにしろ万里子とは昨夜交わったばかりなのだ。彼女が平気な顔で姉と喋っていられるのが不思議でならなかった。

また義母も義母だ。リンパマッサージと称して敏感な部分に触れようとしたことは忘れていない。そもそも、彼を騙し討ちするようなかたちで大河原家へ送り込んだ黒幕こそが彼女であった。

しかし、気の強い妻を義母はどうやって説得できたのだろう。

三男の疑問は浮かんだそばからかき消されてしまう。離れの外廊下から華やいだ女同士の声が聞こえてきたのだ。

最初に指摘したのは万里子だった。

「そうそう、蒼《あおい》ちゃんが来てるのよ。三っちゃん、覚えてる？」

「え？　ああ、はい。正隆《まさたか》さんとこの……」

「そう。あの子、もう二十歳になったのよ」

正隆というのは、大河原家の長男である。だが、一つ違いの姉である千鶴とは昔から折り合いが悪く、長男なのに本家にはあまり寄りつかなかった。

とはいえ、千鶴も姪には伯母らしい愛情を持っていたようだ。

「あの子もねえ、もう少し積極的になってくれるといいんだけれど」

もの思うように言うと、万里子も同調する。

「心春とはあんなに楽しそうにできるのにね」

三男には会話の意味がわからなかった。外廊下から聞こえる声はいかにも若い娘同士といった感じで、楽しそうに思えたからだ。

すると、事情に詳しい万里子が語りだす。

「まあ、三っちゃんにはわからないか――。蒼ちゃんと会ったことだって、何回かしかないものね」

「ええ。僕たちの結婚式と、一昨年あった法事のときくらいで」

「実はあの子、極端な内弁慶《うちべんけい》でね。なぜかうちの女中とは仲よしなんだけど、外ではさっぱり。借りてきた猫みたいになっちゃうのよ」

そこへ千鶴がさらに説明を加える。

「可哀想に、高校生のときに大失恋しちゃったのよねえ。それがいまだに忘れられないっていうんだから、純情というか強情というか」

「きっかけさえあれば、あの子もきっと一皮剝けるんだろうけど」

万里子が指摘すると、千鶴は頷《うなず》いて言った。

「だからね、三男さん。あなたが蒼ちゃんを慰めてあげてね」

「はい？　どうして……」

三男には話の流れが見えない。離れに幽閉され、自由の効かない彼にどうやって悩める乙女を慰められるというのだろう。

だが、彼が意外に思ったのはそれだけではなかった。心春の楽しそうな声である。三男の前では女中らしくかしこまった態度しか見せないが、年の近い蒼と一緒のときは、あんなに華やいだ声を出せるようだ。

それから午前中は何事もなく過ぎていった。やることのない三男は心春に頼んで、祖父の書庫から適当な読み物を持ってきてもらった。

「何がお気に召すかわからなかったので、何種類かお持ちしました」

「ありがとう。そこに置いといて」

本は五冊ほどあり、時代物の小説が三冊と実用書が二冊だった。普段ならどれも手にしないものだが、この際贅沢は言っていられない。

「短編集か。これなら読みやすそうだ」

三男は時代物のアンソロジーを手に取ると、畳にゴロリと横になった。

ところが、読みはじめてみると意外に面白い。気がつくと、彼は昼食時も本に夢中になりながら食べるほどだった。

そして昼下がり。活字を追うのに疲れて三男がウトウトしていると、部屋の扉がノックされた。

「はい。どうぞ」

不意をつかれた彼はビクンとして顔を起こす。

すると、開き戸が音もなくするするすると開いた。

「失礼します――」

おずおずと入ってきたのは、蒼であった。

片肘ついた姿勢の三男は居住まいを正し、胡座《あぐら》をかいた。

「やあ、蒼ちゃんだろ。ご無沙汰してます」

気楽な感じで話しかけようとするが、心なしか声が上擦ってしまう。

蒼が現れることは、心のどこかで予感していた。昨夜万里子に風習の内容を聞いてからというもの、大河原一族の女はいずれ彼のもとにやってくるはずだろうと半ば身構えていたからだ。

しかし、それでもなお驚きを禁じえなかったのは、蒼が高校の制服ブレザーを身にまとっていたからだった。

「あの、わたし……」

彼女が高校を卒業してから二年近くが経っている。本人も照れ臭いのか、入口の所でモジモジしたままだ。

年長者である三男がリードするしかなかった。

「ともかく入りなよ。何か話があるんでしょう?」

「ええ。じゃあ……」

　すると、蒼はようやく扉を閉めて室内に入ってきた。

　三男が座布団を勧め、彼女は一メートルほど離れてちょこんと座る。

「あの、お久しぶりです。正隆のところの蒼です」

「覚えているよ。一年ぶりくらいだっけか」

「ええ。まあ」

　それきり会話は途切れ、気まずい空気が流れる。ただでさえ疎遠な親戚同士で共通の話題はあまりなかった。

　三男の目は制服姿の蒼に注がれていた。

（ずいぶん色っぽくなったな）

　以前に会ったときは、いかにも田舎の女学生といった感じだった。それが、たった一年かそこらで急に色香が増したような気がする。ちょうど今しがた読んでいた時代物から言葉を借りれば、まさしく「渋皮が剝けた」といった風情《ふぜい》である。おかげで制服姿にも、微妙な不自然さが感じられるのだ。

　すると、蒼も自分に注がれる熱い視線に気付いたようだった。

「これ、千鶴伯母ちゃんに着るよう言われたんです」

「え。そうなの？」

「はい。その……聞いてますよね、わたしのこと」

「えっと、もしかして——学生時代の彼のこと？」

義母たちが話していた失恋のことだろう。だが、それと制服にどんな関係があるというのだろうか。

三男が訊《たず》ねると、蒼は恥ずかしそうに言った。

「上手《うま》くいかなかったんです。それがその、トラウマというか……」

「つまりその彼と、っていうこと？」

「ええ」

その態度から、彼女が初体験のことを言っているのはわかった。三男は理解ある大人の姿勢を保とうとしながらも、いよいよ話が核心に迫ってきたことで胸がドキドキしはじめた。

俯き加減で蒼は続ける。

「伯母ちゃんが、悪い思い出は上書きしろって。それで三男さんの——『婿殿籠り』の話を教えてもらって、ちょうどいいから慰めてもらいなさい、って」

「ああ……。でも、蒼ちゃんはいいの？」

やはり彼女は例の風習絡みで三男に抱かれに来たのだ。いくら二十歳になったとは言え、相手は十歳も離れた乙女だった。据え膳を出されたからと言って、はいそうでうかと飛びつく神経は持ち合わせていなかった。

するると、なぜか蒼はキッと睨みつけてくる。


「わたしじゃ、ダメですか？」

「いや、ダメってことでは……」

「わたし、三男さんならいいと思ってるんです」

「蒼ちゃん……」

うら若き乙女の言葉に三男の胸は疼いた。おのずと胡座をかいたまま、座布団ごとにじり寄り距離を縮める。

すると、蒼も引き寄せられるように肩に頭をちょこんと乗せてきたのだ。

「わたしのこと、可愛がってくれますか？」

制服に合わせ、三つ編みにした髪からシャンプーの香りがした。丸いおでこは艶やかで、そっと唇を寄せたくなる。

「蒼ちゃん、俺……」

三男がため息をつくと、蒼が顔を上げた。

「チューして」

目を閉じてキスを待つ顔が愛らしい。たまらず三男は唇を寄せた。

「蒼ちゃん……」

「ん……」

心なしか蒼の唇が震えているようだった。花の香りがする。

「みちゅ。レロ……」

三男が舌を突き出すと、蒼は素直に受け入れた。

「ちゅぽ。んふうっ」

切なく吐息を漏らし、全身の力が抜けていくのがわかった。まるでキスの魔法で蕩けていくようだ。

「蒼……ちゅばれろっ」

蒼の拙《つたな》い舌遣いに三男は興奮する。しかし、心中では異常なことをしているのも理解していた。万里子との一件がなければ、彼もこうすんなりと従妹に当たる娘と事に及んだりはしなかったはずだ。

一方、制服姿の蒼も、「従姉の旦那さん」とのディープキスに夢中だった。

「はむ……ああ、三男さんのキス上手《じょうず》」

「そう？　きっと蒼ちゃんが綺麗だからだよ」

「本当？　だって、わたしなんか……」

袖口から伸びる可憐な手が、縋《すが》るように男の胸板をさする。ぽってりとした唇が熱い息を吐いていた。

「可愛いよ、蒼ちゃん」

三男はたまらず彼女を抱き寄せ、何度となく舌と唾液を貪った。

「ちゅばっ、んむぅ」

「レロッ、んあっ……」

やがて彼の手がブレザーに伸び、肩からはだけさせる。ブラウスの襟元から覗くデコルテが突き抜けるように白い。

「ああっ、三男さん。わたし、恥ずかしい」

蒼は思わず口走りながらも、彼のしたいようにさせていた。

このとき三男の脳裏には、一年以上前に法事で見かけた蒼が浮かんでいた。あの頃は現役の高校生だった。もうすぐ卒業を控え、三年間着ていた制服は、成熟しつつある肉体をまだなんとか清純さで包み隠せていたのだった。

しかし、娘の体はたった一年でこうも変わってしまうものか。

「お尻を持ち上げてくれる？」

三男は仰向けになった蒼に向かって言うと、スカートを脱がせていく。

「あぁっ……」

すると、蒼は羞恥に耐えかねて、両手で自分の顔を覆ってしまう。

その仕草に三男はブラウスのボタンを取る手を止めた。

「本当にいいの？　嫌ならやめるよ」

興奮の最中にあっても、年上男性としての理性は忘れていない。相手は行きずりの女などではないのだ。

だが、その優しさが通じたのだろう。蒼は顔を見せると言った。

「前にもこれで失敗しちゃったの」

「え？　どういうこと」

「失恋した彼。わたしも彼のことが大好きだったのに、途中で怖くなって全部台無しにしてしまったんだもの」

どうやら初体験が怖くて彼を遠ざけてしまったらしい。ありがちな話とも思うが、彼女にとってはトラウマになっているようだ。

だとすれば、厄介な事実が浮かび上がる。

「ってことは、蒼ちゃんはバージン……」

「お願い。最後までしたいの」

「だけど、最初の男が俺でいいの？」

三男が訊ねると、蒼は一瞬黙った。心揺れるのは当然だ。

しかし、まもなく彼女は言ったのだ。

「三男さんがいい。心春ちゃんも、三男さんのこと『いい人だ』って言ってたし」

「心春さんが……」

女中の儀礼的な態度を思い浮かべ、三男は意外に思う。ともあれ蒼にとっては、心春の意見は絶対的な信頼を置いているらしい。

「三男さんにわたしを見てほしいの」

彼女は言うと、ついに自らブラウスのボタンを外し始めたのだ。

「あ……あ……」

その様子を三男は中途半端な姿勢で見守っている。

やがてブラウスが取り去られ、乙女の柔肌が露《あらわ》となった。ブラジャーとパンティーは、レース飾りのついた白のセットアップだった。

「このあとは……三男さんがやって」

処女の並々ならぬ決意が顔に表われていた。表情は不安と期待に揺れ動き、ただ潤んだ瞳だけがジッと彼を見つめていた。

「ごくり……」

三男は我知らず生唾を呑み込む。二十歳の鮮烈な肉体は研ぎ澄まされていた。華奢な骨格は触れたら壊れてしまいそうな一方、決して痩せぎすというわけではなく、ちゃんと付くべき所に肉が付いていた。

乳房はこんもりと丸く、若いだけあって張りの面では申し分ない。

「蒼ちゃん……」

おのずと三男の顔は谷間に引き寄せられていく。

「あっ……」

彼が膨らみの上部にキスすると、蒼は小さく声を漏らした。

乙女の可憐な喘ぎに三男の興奮はいや増していく。

「蒼ちゃんの体、とってもいい匂いがする」

「そんなのウソ。いい匂いじゃないもん」

羞恥に耐えきれず、目を閉じて訴える姿がいじらしい。

いつしか三男もパンツ一枚になっていた。

「ブラジャーを外すよ」

一度目の失敗は、相手も若く焦ったためだろう。そう思った三男は、いちいち彼女の意思を確認しながら事を進めようとした。

その思いは蒼にも伝わったようだ。

「うん……」

小さく頷くと、しっかり胸を抱《かか》え込んでいた腕を解き、脱がせやすいようにした。

「ふうっ、ふうっ」

三男は興奮に息を切らせつつ、純白のブラジャーを外す。

すると、現れたのはぷるんと揺れる二つの膨らみだった。下着に包み隠され、周りよりなお一層白い肌はきめ細かく、トップもきれいなピンク色だった。

「蒼ちゃんっ」

たまらず三男は片方の乳首にむしゃぶりついた。

「ぴちゅるるるっ」

「あんっ」

蒼は驚いたようにビクンと震える。

感じているのだろうか。順調な反応に気をよくし、三男はさらに右手でパンティの股間をまさぐった。

「ちゅぱっ……蒼ちゃん」

「んっ、あっ……三男さん」

口と手で愛撫を受け、蒼は気持ちよさそうだったが、恥ずかしいのか必死に声を殺そうとする感じが愛らしい。

「ハアッ、ハアッ」

三男はしこった乳首を口にしながら、布越しに割れ目の柔らかさを確かめる。少し湿っているだろうか。

「蒼ちゃん、綺麗だよ」

絶えず言葉をかけ続け、次第に顔の位置を下げていく。

三男にヘソ周りを舐められると、蒼は突然激しく喘いだ。

「はああっ、ダメぇ――」

「ここがいいの?」

「あんっ、だって……。ああん」

声をあげ、身を震わせる蒼の姿は悩ましかった。てっきり不感症か何かかと思いきや、むしろ彼女は感じやすい体質のようだ。

すると、なぜ一度目は上手くいかなかったのかわからない。

「ハアッ、ハアッ。ちゅば……」

しかし、三男は新鮮な果実を味わうのに夢中だった。万里子のような熟した味わい深さもいいが、二十歳のみずみずしい肉体もまた下半身を疼かせる。

やがて彼の目線は、パンティーのクロッチ部分を捕らえていた。

（まだ誰にも穢されていない、まっさらなオマ×コ……）

正確には元彼とどこまでいったか聞いてはいない。だが、駄目だったというのは紛れもない事実だ。つまり蒼の秘部はいまだ未開の秘境なのだった。

「可愛いよ、蒼ちゃん」

彼は呼びかけると、下着の上から股間にむしゃぶりついた。

「びじゅるるるっ、じゅぱっ」

「あっひ……ダメえっ」

「んー、なんてエッチでいい匂いなんだ。蒼ちゃんも感じる？」

「ダメ。汚いから、そんなところ……」

「汚くなんかないよ。蒼ちゃんのパンツなら、いくらでも舐められる」

「ああん、三男さんのバカぁ」

不浄の部分を男に吸われ、蒼はのたうち背中を反らせた。全裸で身悶えながらも、三つ編みにした小さな顔があどけなく、そのギャップがたまらなく牡の劣情を催《もよお》させるのだった。

実際、蒼のパンティは湿り、牝の匂いをただよわせていた。

「ハアッ、ハアッ。蒼ちゃん……」

股間に顔を突っ込んだ三男は、やがて指でパンティの裾をめくり、乙女の局部を曝《さら》け出させる。

「色も綺麗だ。ああ、たまらないよ」

「あふうっ、イヤ……」

蒼は手の甲を額に乗せ、必死に羞恥と闘っているようだった。それでも彼のやりたいようにさせ、愛撫に身を委ねていた。

ピンク色のラビアがぬらぬらと濡れ光っている。

「エッチなおつゆが溢れているよ。舐めてもいい？」

わざと三男がいやらしく言うと、蒼はこくんと頷く。

「三男さんにいっぱい舐めてもらいたい」

「蒼ちゃん……」

その言葉に三男は殴られたような衝撃を受ける。蒼は処女らしく終始緊張しているようだったが、こうしてときおりだがやたらに男を扇情するようなことを口にした。どうやら彼女には男を誑かす天賦の才があるようだ。

「ペロペロ……ちゅぱっ、むふうっ。美味しいオマ×コ」

「あっ、ダメ……そこは。はううっ」

「俺もう我慢できないよ」

とっくに逸物はギンギンに漲《みなぎ》っている。だが、三男は同時にそろそろ潮時だとも思っていた。

彼は顔を上げて覆い被さる姿勢になる。

「挿れてもいいかな？」

「ん。きて」

蒼も真っ直ぐ見つめ返してくる。目は潤み、頬も心なしか上気しているようだ。

三男は互いの下着を取り去ると、硬直を割れ目に押しつける。

「おうっ……」

「はうっ……」

性器が触れ合っただけで、二人とも声が出てしまう。準備は万端整ったようであった。

「いくよ」

「うん」

三男は慎重に肉傘を花弁に押し込んでいく。

「痛かったら言ってね」

「ん。わかってる」

「ふうっ。おお……」

「大丈夫みたい……ああっ！」

急に大声を出されて三男は怯んだ。

「痛かった？　やっぱ無理そう？」

だが、蒼は目を開けると首を左右にぶんぶん振る。

「ううん、平気。少し痛いかと思ったけど、全然大丈夫みたい」

「本当？　続けられそう？」

「うん、お願い。最後までして」

一度目の失敗のトラウマを彼女もなんとか乗り越えたいのだろう。懸命に訴えかけてくるまなざしに三男は心動かされ、かつ欲情を覚えるのだった。

「じゃあ、もう一度。ふうっ……」

「うっ……ふううっ」

蒼は一瞬苦しそうな表情を浮かべたが、気づくと肉棒を根元まで受け入れていた。

「奥まで入ったよ」

三男が破瓜《はか》の成就を報告すると、蒼もうれしそうだった。

「うん、なんか変な感じ」

「痛くはない？」

「全然。三男さんにお願いしてよかった」

「蒼ちゃん……」

おのずと祝いのキスが交わされた。なぜか三男も胸がいっぱいになる。ついに蒼を処女の呪縛から解き放ったのだ。

一人前の女となり、蒼の舌使いも急に上達したようだった。

「ちゅばっ。んふうっ、レロちゅばっ」

「はむ……蒼ちゃん、蒼ちゃん」

「三男さん……ちゅろっ」

一旦蕾がほころべば、花が満開になるのは一瞬であった。伯母たちを心配させた蒼の頑《かたく》なな心と体は、今こそ実を結んで自由に羽ばたくのだ。

「ああ、お願い。三男さん、わたしを抱いて」

「蒼ちゃん、綺麗だよ」

キスを解くと、三男はゆっくりと腰を動かし始めた。

ぬちゃっ、くちゃっ。彼が肉棒を押し込むたび、湿ったいやらしい音がした。

「あんっ、はううっ、んっ」

「ハアッ、ハアッ」

蜜壺はぬめり、いきり立った太竿に抉《えぐ》られる。

「んっふ。あっ」

蒼は目を閉じて抽送に耐えているようだった。細い腕はわななき、置き場をなくしたようにシーツを摑《つか》む。

三男は一定のテンポで腰を振っていた。

「ハアッ、ハアッ。蒼ちゃん、平気？」

初物の愉悦に浸りながらも、二十歳の娘を気遣う。

すると蒼はまぶたを開き、彼を見上げた。

「平気……んんっ。三男さんが、中にいるのがわかる」

「本当？　ああ、蒼ちゃんの顔、色っぽいよ」

「ねえ」

「ん？」

「わたし、綺麗かな？」

男に抱かれ、息を切らせながらも、彼女はそんなことを言うのだった。十代で受けたトラウマの根は相当深いようだ。

三男は語気を強めて言った。

「綺麗だよ。いつまでもこうしていたいくらいだ」

「ああっ、三男さん……」

彼の言葉に勇気づけられたのか、蒼は諸手を差し伸べて温もりを求めてくる。

「蒼ちゃん、おいで」

三男は応じ、蒼の背中に腕を回して起き上がらせた。

おのずと対面座位の形になる。

「蒼ちゃん」

「三男さん」

見つめ合い、唇同士が引き寄せられていく。

「ちゅぱっ、レロ……」

「ふぁう……ちゅろっ」

濃厚なキスに舌を絡ませる二人。唾液が混じり合う音がする。

これまで三男にとって蒼は単なる親戚の娘でしかなかった。血族ですらなく、妻の従妹とくれば、ほとんど他人と言ってもいい関係にすぎない。

しかし、肉体関係に及ぶとなれば、やはり普通ではないのも確かだった。

「蒼ちゃんは、そのままでいて」

三男は言うと、自分だけ仰向けに横たわる。

膝立ちの姿勢のまま残され、蒼は不安そうだった。

「どうするの？」

「このほうが蒼ちゃんのことをよく見られるから」

相手が破瓜を済ませたばかりなことはわかっている。初体験で多くを求めるのは間違いであることも承知していたが、蒼という娘はどこか男を狂わせるようなオーラを漂わせているのだった。

「そんなふうに言われたら、恥ずかしいわ」

蒼ははにかんだ顔を見せ、お椀を二つ並べたような乳房を腕で覆い隠そうとした。

その恥じらう様子が三男のリビドーを刺激する。

「蒼ちゃんっ」

呼びかけるなり、彼は下から肉棒を突き上げた。

「んああっ、ダメぇ」

とたんに蒼は喘ぎ、身を震わせて悶える。胸を抱えた腕はおのずと下がり、自由になった乳房がぷるんと揺れた。

「ハアッ、ハアッ、ハアッ」

「あっ、あんっ、ああっ」

このとき蒼は少し腰を浮かせた状態で、肉棒が出入りする様子がよく見えた。挿入前は控えめに見えたラビアは肥大し、竿肌をしっかりと咥え込んでいた。

三男は両手を彼女の膝に置き、懸命に腰を突き上げる。

「ハアッ、ハアッ。おお……」

三十八歳の万里子と二十歳の蒼では、やはり挿れ心地も異なってくる。熟女の包み込むような感触と違い、若い女の膣はきつく握り締めてくるようだ。

しかし、ただきついだけではない。蒼の場合、中が無数の襞に覆われているようで、抜き差しするたびに戦慄のような快楽を呼び覚ますのだ。

「ああ、蒼ちゃん。マズいよ、俺……」

あまりの気持ちよさに切迫感が募り、三男は訴えた。

すると、蒼の表情にも変化が現れる。

「ねえ、わたしもなんか変みたい……」

それまでも悩ましい顔はしていたのだが、眉根を寄せた表情のなかに喜悦の色が浮かんできたのだ。

「ハアッ、ハアッ。蒼ちゃんも、もしかして……」

「うん。なんか気持ちいいみたい」

「本当？　ううっ、そんなエロい顔されたらもう……」

陰嚢の裏から射精感が突き上げてくる。だが、相手は親戚の娘なのだ。三男は抽送を止められないながらも、懸命に堪えようとした。

かたや蒼は、ますます悦楽に浸ろうとしていた。

「あっふ……ああっ、どうしよう。わたし……」

「気持ちよかったら、声を出していいんだよ」

「うん──んああっ、ダメえっ」

突然喘いだかと思うと、彼女は身を反らし天を仰いだ。

その反動で蜜壺が締まる。

「うぐっ……。あ、蒼ちゃん……」

「んああっ、イイッ。ああん、おかしくなっちゃう」

「お、俺のほうこそ……」

「もっと……ああっ、もっと欲しい。突いて」

なんと蒼自ら腰を振りはじめたのだ。膝をクッションにして、尻を上下に揺さぶり愉悦を貪《むさぼ》るのだった。

抽送の刺激は倍加され、三男は懊悩《おうのう》した。

「うはあっ、蒼ちゃん。マズいよ、それは……」

「ダメ。止まらないの。んああっ、イイッ」

三男に許可されるまでもなく、蒼のボルテージは上がっていく。

「ハアッ、ハアッ」

愉悦に耐えながら、三男は彼女の変貌に驚いていた。初めてでこんなにも感じられるものだろうか。あるいは、若さ特有の順応性の高さであろうか。

いずれにせよ、蒼は今女として輝いていた。

「あっふう。イイッ、イイイイーッ」

「ぐあっ……ダメだ。もう出る——」

「きて。わたしも……んああーっ、三男さぁん」

彼女は叫ぶと、堪《こら》えきれなくなったように覆い被さってきた。

三男はそれを受け止め、なおも腰を突き上げる。

「ハアッ、ハアッ」

「はひぃっ、いいの。わたしおかしく……」

「あああ、マジでもう我慢できない」

快楽に突き動かされ、三男はほとんど無意識のうちに抽送を続けた。

すると、蒼がおもむろに舌を絡めてくる。

「べちょろっ、ちゅばっ。はぁん、オチ×ポすごぉい」

「くはあっ、蒼ちゃん。そんなエロいこと」

「あっひ。イクッ、イクッ、イッちゃううっ」

小刻みな尻の動きは絶頂を目指していた。締めつけはなおも強く、もはや三男は限界だった。

「うあああっ、もうダメだ。出るうっ」

熱い白濁が怒濤《どとう》のごとくあふれ出る。自分ではどうしようもなかった。

すると、蒼も続けて悦びの頂点を迎える。

「んあああっ、イクうっ！」

全身をこわばらせ、一瞬息を詰まらせた……かと思ったら、次の瞬間には華奢《きやしや》な肢体をわななかせる。

「あああっ、イイッ……」

そして今一度、ビクンと震えると脱力し、ぐったりとするのだった。

「ハアッ、ハアッ、ハアッ、ハアッ」

三男は頭が真っ白だった。中で出してしまった。罪悪感はあるものの、悦びはさらに勝っていた。処女をイカせたのだ。

一方、蒼もしばらくは動けないようだった。

「ふうっ、ふうっ。わたし、イッちゃった」

「すごくよかったよ」

「わたしも。三男さんでよかった」

顔を上げた蒼は微笑んでいた。一人前の女になったという達成感だろうか。その後彼女は服を着直し、離れを去っていった。

一人残された三男は満足だった。しかし、最後に彼女が見せた屈託のない笑みには、どこか辻褄《つじつま》の合わないものも感じているのだった。

蒼との情交を終え、余韻も冷めやらぬうちに夜になっていた。部屋の高いところにある換気窓を見て、三男は外が暗くなっているのに気がついたのだ。これで丸二日間、離れに籠りきりということになる。異常な事態の連続に時間の感覚が麻痺していくのを感じていた。

そのなかにあって唯一日常を思い出させるのが、三度の食事であった。

この晩も、やはり心春が側にはべり、配膳の役を務めていた。

「お味はいかがですか」

「うん。美味いよ」

心春に訊ねられ、三男は短く答える。何となく気詰まりだった。というのも、蒼が女中と仲がいいのを知っていたからだ。心春はもう蒼から彼とのことを聞いているのだろうか。

この日の夕食は、きのこ尽くしであった。地元で採れた山の幸は滋味深く、彼も普段なら舌鼓《したつづみ》を打っていただろう。しかし、このときはまるで味がしなかった。

彼の箸が進まないのを見て、心春が言った。

「よろしければ、お茶漬けになさいますか」

ボンヤリしていた三男はふと我に返り、顔を上げる。

「――ああ。そうしてもらおうかな」

「では、わたくしがお作りしますのでどうぞ」

心春は言って、手を差し出す。その仕草は楚々《そそ》として、押しつけがましいところはひとつもない。まつげが長く、黒目がちな瞳からは、彼女が何を考えているか読み取ることはできなかった。

その話題が出たのは、三男が食後のお茶を飲んでいるときだった。

切り出したのは心春であった。

「蒼さんとはいかがでした？」

「え……」

唐突な質問に三男は思わずむせそうになる。何のことを訊ねているのかは明らかだった。

黙っている彼を見て、心春はさらに続けた。

「三男さまは満足なさいましたか」

「おい、いったい何を……」

それは、あまりに不躾な質問に思われた。女中として仕える身でありながら、セックスの首尾を訊ねるなど、あるまじきことに思われた。

だが、憮然とする三男を見ても、心春はまるで動じていないようだ。

「高校時代のお話をお聞きになったでしょう？」

遠慮するどころか、さらに話を続けようとした。

（なんなのだ、この女は……）

三男は心中思いながら、どこか不穏な兆しを感じてもいた。心春の様子に何か蒼の秘密を知っているような節が感じられたからだ。

いずれこの家で起きていることは、異常なことばかりだった。彼は常識的な羞恥を抑え、女中の話に乗ることに心を決めた。

「心春さんは、何か知っているんだね」

「ええ、まあ。知っていると申しますか……」

自分から切り出したくせに、こちらが訊ねると彼女は曖昧に答える。

「彼女が……蒼ちゃんが、昔の失恋に心を痛めていたのは聞いたよ。心春さんも知っているんだろう？」

「蒼さんから直接伺《うかが》ったことはございませんけど……ええ」

「だったら、なんで今さら俺に聞くの」

「お茶を入れ替えて差し上げましょうか」

いつしか三男のほうが身を乗り出していた。かたや心春は泰然としており、むしろ駆け引きを楽しんでいるかのようだ。

「お茶なんかいいから、俺の質問に答えてくれ」

「三男さまのお言いつけでしたら……はい。申し上げますと、蒼さんのおっしゃることは全部嘘なのでございます」

「は？　全部嘘って……」

「もしかして、三男さまは蒼さんが処女だったと信じているのではありませんか」

「え……？」

衝撃の暴露は淡々と語られた。

「初恋の方と成就できなかったというお話、あれ嘘なんです。蒼さんは、むしろご年齢のわりに経験豊富なほうかと」

「そんな。まさか」

「ええ、そう思われても仕方がございません。何しろ千鶴さまや万里子さままで信じていらっしゃるくらいですから」

女中の話は驚くべきものだった。曰《いわ》く、蒼は十代の頃から相当な好き者で、彼女を巡って父と息子が仲違《たが》いしたり、一夜をともにした男が彼女に執着し、果ては自ら命を絶とうとしかけたというのだ。要するに、蒼は虚言癖のある「魔性の女」だと言っているのだった。

実際、心春の証言は具体的で信憑性があるものだった。しかし、三男は信じられなかった。むしろ、そんなことを言う心春の人間性に反発を覚えた。

「もういい。わかったから下がってくれ」

彼が憮然として言うと、女中は素直に引き下がった。

一人になった三男は気分が塞いだ。心春の話など信じられなかったが、蒼とのことを反芻《はんすう》すると、思い当たる節がないでもなかったのだ。二十歳の娘に自分はすっかり騙されてしまったのだろうか。

一方、蒼と心春の関係も彼を悩ませた。あれほど仲がよさそうに見えたのに、平気で裏切るような真似をするとは信じられなかった。表面に見えるものとは違う、女同士の裏面を垣間見た気がして、その虚実に気分が落ち込むのだった。

ところが、その夜のうちに事態は変わることになる。

風呂を済ませ、布団に潜った三男だが、目を閉じてもなかなか寝つけなかった。心春の言ったことが、どうしても気にかかって仕方がないのだ。

「くそっ」

思わず声を出して布団から起き上がる。このまま眠ることは不可能だった。

そこで思い出したのが、風呂の準備をしているときの心春の言葉だった。

「たまには気分転換に裏山へ行かれてみてはいかがですか。今時分はちょうど季節の変わり目で、とても気持ちがいいですよ」

そのとき三男は返事をしなかったが、それを聞いて目からうろこが落ちる思いがしたのだった。

要するに、彼は決して監禁されているわけではない。昨日来、離れに幽閉されているものの、部屋の扉が施錠されているということはなく、その気になれば出入りは自由にできるはずなのだ。

(外の空気でも吸えば、少しは気が晴れるかもな)

三男は浴衣に上着を羽織りながら、おのれの不覚を顧《かえり》みる。意外な出来事に翻弄されたせいで、勝手に自分で自分を部屋に縛りつけていたのだ。女中に言われるまで気がつかなかったことが悔やまれた。

とはいえ、スマホも交通手段も奪われた彼にできるのは、心春の言うとおり、裏山に新鮮な空気を吸いに行くくらいなのも事実だった。

離れの重い扉を開き、およそ二日ぶりの外気に触れる。実に清々《すがすが》しい。空気は少し冷たかったが、夜空には都会では見られない満天の星がきらめいていた。

「すうーっ、はあーっ」

山の空気を胸いっぱいに吸うと、心が洗われるようだ。三男はここ二日間の出来事を反芻しながら、ふと優奈の顔を思い浮かべる。妻は今頃どうしているだろうか。

そのとき母屋のほうに人影がよぎるのを見た。蒼のようだ。

（こんな時間にどこへ行くのだろう）

目で追うと、彼女は裏山のほうへ向かっているようだった。

三男はしばらく逡巡するが、思いきってあとを尾《つ》けてみることにした。

裏山は大河原家の所有地で、踏み固められた山道が整備されている。おかげで彼が履いていたサンダルでも、苦労することなく登ることができた。

山道を急ぐ蒼も軽装だった。さすがに制服は脱いでおり、ワンピースの上にカーディガンを羽織った恰好《かっこう》だった。

そうして十分ほど登っただろうか。山の中腹に小屋があった。簡素な造りの建物だが、周りに灯籠《とうろう》などがあることから一族が祀《まつ》る祠《ほこら》と思われる。

蒼は躊躇することなく小屋の扉を開き、中へと滑り込むように入る。

三男は少し距離を取って眺めていたが、どうしても中の様子が気になった。夜遅くに蒼はこんな場所へ来て、何をしようというのだろう。

彼はその場でしばらく思案していたが、ここまで来て引き返す手はない。覗きのような真似をするのは気が引けたものの、好奇心には勝てなかった。

足音を立てぬよう慎重に祠へと近づいていく。すると、中から人の声がするのがわかった。どうやら蒼の他にもう一人いるらしい。

(俺は何をやっているのだろう)

ふと自分の姿を客観的に眺め、自嘲したくなる……が、祠の中から聞こえてくる声にそれどころではなくなった。

「相変わらずいやらしい体をしているな」

「そんなことより、早くちょうだい」

もう一人は男のようだ。声だけで好色そうなのが伝わってきた。

まさか……。三男は心春の告発を思い出していた。蒼が処女というのは嘘で、実際は「相当な好き者」だというあれだ。

どこからか中が覗けるところはないものか。彼は胸を高鳴らせながら小屋のぐるりを確かめる。すると、あった。横手の窓がわずかに開いていたのだ。

室内は、ボンヤリとした明かりが灯《とも》っていた。携帯用のランタンで照らされているらしい。それに対して三男のいる外は暗闇のため、向こうから見られる危険は少ないと思われた。

彼は恐る恐る隙間から中を覗いてみる。

（あっ……！）

危うく声が出そうになった。ワンピースを肩からはだけた蒼は乳房を曝け出し、見知らぬ男がそこに吸いついているのを目にしたのだ。

心春の告発は本当だった。昼に三男と交わった蒼は、その余韻も冷めやらぬうちに別の男を咥え込んでいたのだ。

蒼は二十歳とは思えない妖艶な表情を浮かべていた。胸に抱いた男の髪を撫で、もう一方の手で男の陰茎を扱《しご》いている。

「ごくり……」

三男は裏切られたという思いと裏腹に、淫らな蒼から目が離せない。

室内の男女は彼に覗かれているとは知らず、痴態に耽っている。

「ああ、たまらねえ。チ×ポ吸ってくれ」

「うん。オチ×ポ吸いたい」

葵は言うと、身を伏せて逸物を口に含む。

「じゅぽっ、じゅろろろっ」

「うはあっ、蒼のフェラはやっぱ最高だな」

「硬いオチ×ポ好き。ずっと舐めていたい」

「うおっ……なんてエロい顔してやがる」

「んふうっ。男の匂い」

これが、昼間交わった彼女と同じ人だろうか。蒼は蕩けた表情を浮かべ、淫語を口走りながらペニスにむしゃぶりついていた。すると、三男に見せていた恥じらいは何だったのだろう。

脚を投げ出し、後ろ手をついた男も好色そうな顔を浮かべていた。

「おら、金玉袋も舐めてくれよ」

「いいよ」

蒼はぞんざいな要求にもすぐ応え、顔を潜り込ませて陰嚢を口にした。

「いっぱい溜まっているのね」

「お前のことを考えたら、仕事も手につかなくてよ。待ちきれなかったぜ」

そんなことを言い交わしながら、蒼は袋をしゃぶり、肉棒を扱いていた。そのとき彼女は三男に対して後ろを向いていたために、ワンピースの尻がまくれ上がってパンティが丸見えだった。

「ハアッ、ハアッ」

いつしか三男は呼吸を荒らげていた。見てはいけないものを見てしまったという背徳感が、なおさら股間を熱くさせる。

室内の男が言った。

「今度は俺に舐めさせろ」

「うん」

蒼は答えると、名残《なごり》惜しそうにしゃぶるのをやめる。そしてワンピースの裾に手を入れ、自らパンティを脱ぎ捨てた。

「こんなに濡れちゃった」

悪びれもせず言いながら、M字開脚して秘部を曝け出す。三男の位置からも、濡れ光る割れ目がよく見えた。

男もうれしそうだった。

「うわあ、ビチョビチョだな」

「オチ×ポ舐めてたら濡れちゃったんだもん」

「エロいオマ×コしやがって……どれ、味見してやろう」

男の黒い影が蒼の股間に潜り込む。

やがてピチャピチャと湿った音が聞こえてきた。

「美味い。一日働いたあとは、こいつが何よりのご馳走だな」

「ああん、いやらしい舐め方。スケベね」

「いっそ蒼のバター犬になってやろうか？」

「バカ……あっふう、もっと」

蒼の痴態に三男は目を離せない。つい先ほどまでは、自分が彼女のバージンを奪ったと思い込んでいたのだから、この裏切りには腹が立ってもいいはずだが、他人の密事を盗み見ている彼自身も、今さら偉そうなことは言えなかった。

「ハアッ、ハアッ」

三男は前屈《かが》みになり、テントを張ったズボンを手で押さえていた。

そうする間にも、室内の蒼はますます欲情していく。

「んはあっ、イイッ。オマ×コ、感じるぅ」

「ピチャッ……ここが、いいんだろう？」

「はひぃっ、そこ――ああん、もっと吸って」

「まったく好き者だな、お前って女は」

二人の熱気が三男のところまで届くようだ。その臨場感は、エロ動画などとは比べものにならなかった。

そのとき三男の耳元で囁く声がした。

「わたくしの言ったとおりでしょう」

「……！」

突然のことに三男は危うく声をあげるところだった。誰の声かは明らかだった。心春である。彼を尾けてきたのだろうか。

彼が振り返ろうとすると、心春は小声で制した。

「いけません。そのまま中をご覧になってください」

「なんで……」

三男は抗議しかけるが、途中で言葉が詰まる。背後から心春が彼の股間を触ってきたからだ。

「うっ……」

「興奮なさっているのね。蒼さんの仰っていたとおりだわ」

何のことだ——三男は口を開きかけるも、言葉を呑み込む。

室内では、今まさに男女が繋《つな》がろうとしていた。

「あっふ。もうダメ……オチ×ポちょうだい」

「もうイキそうなのか？　しょうがない雌犬だな」

「だってぇ……んああっ、お願い」

「なら、四つん這いになれ。雌犬は雌犬らしく、後ろからブチ込んでやる」

男に命じられ、蒼は文句も言わずに四つん這いになる。

「よしよし、いい子だ。今、気持ちよくしてやるからな」

男は言うと、蒼のワンピースをまくり上げて秘部を曝け出す。

「ああん、早くぅ」

鼻声でねだる蒼は妖艶だった。百戦錬磨の千鶴たちでさえ、姪御にこんな裏の顔があると気がつかなかったのはどういうことか。

懊悩する三男だが、そのとき心春の手が彼のズボンを脱がそうとした。

「声を出さないでくださいね」

女中は小声で諭《さと》しつつ、下着ごとズボンを膝まで下ろしてしまう。

解放された肉棒は反り返り、青筋を立てていた。

やがて心春の手が陰茎を扱きはじめた。

「ううっ……」

「そのまま、蒼さんの姿をよくご覧になってくださいませ」

「ふうっ、ふうっ」

三男の苦悩はさらに深まる。蒼も蒼だが、この心春という女も普通ではない。思えば、彼が裏山へ行くよう仕向けたのも彼女であった。今考えれば、蒼が祠で痴態に及ぶのを知って、あえて示唆したとしか思えない。

しかし、肉棒を扱かれる快感には勝てなかった。

「ハアッ、ハアッ」

その頃、室内では男が逸物を挿入するところだった。

「いくぞ」

「きて」

男の背中が、四つん這いの蒼に覆い被さる。

「おうっ」

「んああっ、きた――」

そしてすぐに抽送が始まる。

「ハアッ、ハアッ。ぬおぉ、締まる──」

「ああん、イイッ。そこっ、好き」

四方は深閑とした山林に囲まれている。おかげで男女の肉がぶつかり合う音や、蜜壺をかき回す湿った音がよく聞こえた。

「あっ、ああっ、あんっ」

「ふうっ……ぬ。この売女《ばいた》め」

男は口悪く罵《ののし》りながら、ヘコヘコと腰を動かしていた。

一方、覗く三男も手コキに翻弄されていた。

「ふうっ、ハアッ。っく……」

「おつゆがたくさん出てきましたわ」

心春は囁きながら、両手を使って竿と亀頭を責めたてる。その手つきはいやらしく、耳元にかかる吐息が彼を切なくさせた。

バックで嵌《は》める蒼たちも、いよいよ佳境に入っていく。

「ハアッ、ハアッ。ううっ、吸いつくみたいだ」

「ああっ、んっ。抉って。もっと激しく」

「これ以上激しくしたら……うはあっ、ヤバイって」

どうやら男は愉悦に負けて果ててしまいそうだった。

かたや蒼の喘ぎも切迫感が増してきた。

「はひぃっ、イイイイッ。わたしも……んはあっ」

「イクぞ。このまま出すからな」

「イッて。わたしもイキそ……」

昇り詰めていく様子が手に取るようにわかった。男の腰遣いは激しさを増し、蒼の尻たぼを叩くようなスパンスパンという音が鳴り響く。

「あんっ、イイッ。イッちゃう、イッちゃううっ」

「うはあっ、むむ……もうダメだ——」

「ハアッ、ハアッ、ハアッ」

窃視《せっし》しながら扱かれる三男も、室内の二人と同じように昇り詰めつつあった。まるで葵たちに交じって3Pでもしているようだ。

「気持ちよかったら、出してくださっていいんですよ」

さらに耳元では心春が煽るようなことを言って、射精を促す。

そのとき蒼が背中を反らし、大声で喘いだ。

「んあああーっ、ダメえっ、イクうううっ」

「ぬああっ、締まる……ぐふうっ」

男が呻《うめ》く。ひと足先に果てたようだ。

すると、立てつづけに蒼も絶頂を訴えた。

「はひぃっ——イッちゃううぅーっ！」

天を仰ぐように顎を持ち上げ、付いた手足をグッと踏ん張る。

心春の手コキも仕上げにかかった。

「ほら、三男さまもご一緒に」

「ふうっ、んぐ……出るっ！」

勢いよく飛び出た白濁液は、小屋の壁に叩きつけた。三男は何とか声を出すのを堪え、快楽に身を震わせた。

室内でも熱狂のときは過ぎたようだった。その場にぐったりと伏せた蒼は肩で息をしていた。真っ白な尻のあわいから、中出しされた白濁が漏れ滴っている。

「ハアッ、ハアッ、ハアッ」

三男はしばらく動けなかった。夢でも見ていたようだ。しかし、この場にグズグズしていると蒼たちが出てきてしまう。

「参りましょう、三男さま」

心春に促され、彼はようやく祠のそばから離れ、山を下りた。その道中は二人とも無言であった。訊ねたいことは山ほどあった三男だが、覗きを働いたという罪悪感と、信じられないという虚脱感に言葉が出てこなかった。

まもなく離れの前に到着し、別れしなに心春は言った。

「このことは、千鶴さまや万里子さまには内緒にしてください」

「う、うん……」

「では、ごゆっくりお休みなさいませ」

何事もなかったように去っていく心春を眺めながら、三男はどっと疲れが出てくるのを感じていた。もはや何かを考える気力もなく、あれほど寝つかれなかったのに、布団に潜るとすぐに深い眠りについたのだった。

第三章　因縁と性春

その日、離れに人の気配はなかった。千鶴と万里子は朝から出かけており、心春も他の用事で忙しいのか顔を見せない。蒼は自宅へ帰ってしまっていた。

退屈だった三男は、母屋《おもや》へ行ってみようと思い立つ。蒼のことはまだ心に引っかかっていたが、一晩寝たら少し冷静に考えられるようになっていた。所詮、若い娘のすることだ。「婿殿籠り」で三男と寝ることになり、ちょっとばかり悪戯を仕掛けてやろうと思ったのだろう。

三男もその点では蒼の気持ちが理解できた。なぜなら彼自身、この淫らな風習の犠牲者（？）だったからだ。

離れを出ると、外は明るい日差しでいっぱいだった。

「あー、いい天気だ」

誰もいない庭で深呼吸する。空を見上げれば、鳥たちが群れを成して飛んでおり、自由を謳歌しているのだった。

やがて三男は母屋の正面に回る。すると、縁側にはひなたぼっこをしながらうたた寝する祖父・毅一郎の姿があった。

（一年前に会ったときより小さくなったみたいだ）

胡座《あぐら》をかき、うつらうつらする祖父は、すっかり好々爺《こうこうや》といった感じだった。長年農夫として働き、日に灼けた顔や節くれ立った指はそのままだが、以前ほどの精悍《せいかん》さはなくなっている。農地を他人に譲り、現役を引退してからというもの、急に老け込んでしまったらしい。

と、そのとき三男は毅一郎の脇に一冊のノートがあるのを見つけた。

（いったい何だろう）

彼は祖父を起こしてしまわないよう気をつけながら、そっとノートを手に取る。日記だろうか。表紙には書かれた期間と、著者の名前が記されていた。

「瀬尾雪子《せおゆきこ》……か」

瀬尾と言えば、心春と同じ名字である。恐らく彼女の母親だろう。以前に心春は母の代から大河原家に仕えていると聞いたことがある。

雪子はすでに物故《ぶっこ》していた。ならば祖父はなぜ以前の女中が書いた日記など読んでいたのだろうか。

三男は胸を高鳴らせながらノートを開く。

「あっ……！」

流麗な文字で記されていたのは、なんと歴代の「婿殿籠り」をしたためた記録であった。その中には、万里子の夫の名前もあった。

（叔父も同じようなことを……!?）

叔父が万里子と結婚したのは、ちょうど彼と同じくらいの歳だった。だが、彼の知る叔父はどちらかと言えば堅物《かたぶつ》で、生涯妻以外の女を知らないのではないかと思われるような人物だったのだ。

三男は興奮に駆られ、雪子の手記を読んだ。その一節には、こんな箇所があった。

〈三月某日、繁夫《しげお》殿は朝から顔色優れず。昨夜の閨事《けいじ》が堪《こた》えたご様子。無理もない。もとより千鶴さまの好色ぶりに敵《かな》うはずもなく、一夜にしてすっかり精気を吸い取られてしまったのだろうと推察される。しかしながら寝所から漏れ聞こえてきた声から察するに、繁夫殿も千鶴さまとのまぐわいを堪能されたことは間違いない〉

云々《うんぬん》、とある。さらにその先には、もっと詳細にセックスの描写が記されていたのだが、三男は読み進む気になれず、ノートを閉じてしまった。

（あの叔父が……。それもお義母さんと……）

読み終えたあと、三男はしばらく放心状態だった。なるほど、「婿殿籠り」が代々受け継がれた風習ならば、当然大河原家の女を娶《めと》った叔父もその対象となったのだろう。だが、相手は妻の実の姉である。叔父の苦悩はいかばかりであったろうか。

また、千鶴と万里子の関係にも思いを馳せた。万里子の夫がしたのと同様、当然千鶴の夫も妻の妹と交わったのだ。姉妹は互いに夫を交換し、それでもなお普通にしていられるのが信じられなかった。

「ふうーっ」

三男はそっと祖父のそばにノートを置くと、縁側をあとにした。心春がいろいろ知っているのも当然だろう。女中はこの家で起きたことをつぶさに目撃していたのだ。

昼どきになっても、女たちは帰ってこなかった。心春は一応、昼食を運びに離れを訪れたが、その後すぐにまたどこかへ行ってしまった。

これは絶好のチャンスかもしれない。三男はどうにかして妻と連絡がとりたかった。しかし、スマホや財布は万里子に取り上げられている。考えあぐねたあげく、彼は街まで出れば何とかなるかもしれないと考えた。

土地勘はまるでなかったものの、街へ出るのは簡単だった。周囲はだだっ広い田畑ばかりだ。目指す先は遠くからでもよく見えた。

とはいえ、辿《たど》り着くには小一時間ほども歩かねばならなかった。都会暮らしで普段あまり歩かない三男にとって、これはかなりの重労働であった。

「あー、こんなもんか……」

ようやく街に着いた三男であるが、駅前は閑散としたものだった。ぽつりぽつりと商店があるくらいで、人通りもほとんどない。コンビニも一軒あったが、田舎によくある万屋に毛が生えた程度のものだった。

さて、どうしたものだろうか。街に出たはいいが、彼はその先を考えていなかった。誰かに頼ろうにも、伝手《つて》などまるでない。あてどなくフラフラ歩いているうちに、小さな郵便局の前に差しかかった。

すると、そこで三男に声をかけてくる者がいた。

「ウソ!? 斉藤くんじゃない？」

「あ……。もしかして中島《なかじま》……」

高校時代のクラスメイトの中島夏菜子《かなこ》だ。驚きと懐かしさで会話に花が咲く。

「ちょっと何年ぶりよ。ビックリしたじゃない」

「同窓会があったのが五年前だっけ。それ以来か」

「なんで斉藤くんがこんなところにいるわけ?」

「え。いや、それは……妻の実家があるからそれで」

「そっか。結婚したんだっけ。おめでとう」

「って、もう三年になるんだけどね。あれ、そう言えば中島も結婚したんじゃなかったっけ?」

自然な流れで三男が訊ねると、夏菜子は少しためらうような表情を見せた。

「それがさ、別れちゃったんだ。もう半年になるかな」

「そうなんだ。悪い。変なことを聞いたかな」

「いいのよ。もう終わったことなんだから……。それより奥さんはどうしたの?」

「あ、いや今回は一人なんだ。ちょっと野暮用があって」

まさか義母たちに攫《さら》われたとは言えない。いくら困っているとは言え、三男にもプライドというものがある。

夏菜子は言った。

「もし時間があるんなら、お昼でも一緒にしない？　こんな偶然は滅多にないもの。懐かしい話でもしようよ」

彼女の誘いに三男はすぐにでも飛びつきたかったが、そのときふと懐《ふところ》が空であるのを思い出した。

「あー、うん。そうしたいのは山々なんだけど……」

「何よ。奥さんに怒られちゃう？」

「違うって。じゃなくてさ、その、なんだ……実は、ここまで義母に送ってもらったんだけど、財布を忘れちゃって」

本当は一人で歩いてきたのだが、いい大人がからっけつなのを言い繕うため、三男は嘘をついた。

「なぁんだ。そんなことか。いいよ、ランチくらい奢ってあげる」

「そうか？　なんか悪いな」

「もう、遠慮するなんて斉藤くんらしくないぞ。ほら、行こう」

高校時代から夏菜子はさっぱりとした気性《きしょう》の女性だった。三男もこの機会を逃したくなく、彼女の好意を甘んじて受けることにした。

夏菜子は車で来ており、三男は助手席に乗り込んだ。

「少し遠いけど、美味しい店があるの。行ってみない？」

ＲＶ車を運転する夏菜子が言った。三男も賛成する。

「いいね。この辺じゃ、あまりなさそうだし」

「それにご近所の目もあるから」

その意味は三男にもわかった。田舎ゆえ人目が気になるのだろう。しかも彼女の場合、出戻りということでとかく噂になりやすいのかもしれない。

車が国道に出ると三男は言った。

「それにしても、中島は変わらないな」

「何よそれ。嫌味？」

「違うって。ふと思ったから言っただけさ」

それは三男の本心だった。もちろんお互い三十歳ともなれば、それなりに人生の皺が刻み込まれている。結婚し、離婚も経験した分、夏菜子はある意味彼より大人っぽくもあった。

だが、彼女の本質は変わっていない。周囲をも明るくさせる瞳は輝きを失ってはいなかった。離婚の痛手も、夏菜子の美点を曇らせるには至らなかったようだ。

車を四十分ほども走らせると、大きな道の駅に着いた。

「ここよ。五年前くらいにできたんだけど、結構便利なのよ」

「へえ、立派なもんだ」

何気なく言い交わす二人。だが、その間にはまだどこか距離があるようだった。

駐車場に車を停めると、彼らは海鮮丼が有名な店に入った。山間部で海の幸という
のも矛盾した話だが、物流の進化した昨今ではさほど珍しいとも言えない。

「この辺の人からしたら、新鮮なお魚が食べられるのが特別なことなのよ」

きっと夏菜子の言うとおりなのだろう。平日の昼下がりというのに、店内はそこそ
こ賑わっていた。

そこで二人は、店お勧めの「特選海鮮丼」を注文する。

「や。これは豪華だな。うちのほうで食べたら三千円くらいするんじゃないか」

「でしょう。こんな山奥で食べられるんだもん。二千円はお値打ちよね」

運ばれた丼に感嘆し、早速食べ始める。

「美味っ。マジで新鮮だな」

三男が感動の声をあげると、夏菜子もうなずく。

「でしょう？　あたしも最初食べたときは感激しちゃった」

「ところで、中島は最近何をしてるの」

会話は自ずと互いの近況に移る。半年ほど前、離婚して出戻ってきた夏菜子は、現在地域の活性化プランナーとして、役所などを相手に仕事をしているという。

それを聞いた三男は感心する。

「へえ。たいしたもんだ。まあ、昔から中島はイベントなんかを盛り上げるのが上手《うま》かったからな」

「ちょうど今もね、地元のお祭りにもっと人を集められるようにしたいと奔走しているところなの」

仕事について語る夏菜子はキラキラしていた。三男はそんな彼女を眺めながら、ふと高校時代のことを思い出していた。

当時三年生だった彼らは、文化祭の準備に取り組んでいた。これが最後の文化祭ということで、夏菜子はクラスの先頭に立ち張り切っていた。

「ちょっと、斉藤くんもこっちを手伝ってよ」

「ん？　ああ……」

あまりやる気の見られない三男に対し、夏菜子は口を尖らせる。

「ほら、そんなとこに座ってないで。飾り付けくらいできるでしょ」

彼女はハッパをかけると、彼の腕を取り、強引に引っ張り上げる。

「ったく。中島は真面目だな」

「あなたが不真面目なだけでしょ。ほら、グズってないで来て」

「やれやれ」

三男はうんざりしたという顔をしてみせるが、夏菜子に腕を摑《つか》まれて、内心悪い気はしていなかった。

文化祭の準備は夜遅くまで続いた。その頃には三男も真剣に取り組むようになっていた。夏菜子の影響であることは間違いない。

そしてついに作業が終了した。クラスメイトたちは互いの健闘を称え合い、明日の本番に備えようと士気を高めていた。美しい青春の一ページだ。

そうした喧噪のなか、夏菜子が三男のもとへやってくる。

「どう？　やってみたら、結構いいもんでしょ」

「まあ……、中島があんまりうるさいからさ」

照れ隠しに憎まれ口を叩く三男に対し、夏菜子は笑い声をあげた。

「もう。正直じゃないんだから」

その笑顔は美しく、三男の胸がトクンと鼓動する。実を言うと、彼は三年生で同じクラスになったときから、密かに夏菜子を想っていた。しかし、クラスの太陽のような彼女と比べ、目立たないタイプの自分とは釣り合わないと思い込んでいたのだ。告白するなど考えたこともない。

きっとこうして思いを打ち明けぬまま、卒業していくのだろう。彼はそう思っていた。

ところが、意外なことが起こったのだ。

「ねえ、斉藤くん」

「なんだよ」

「もうすぐ卒業でしょ。だから、言っておきたいことがあるんだけど……」

夏菜子はそこまで言うと、語尾を濁した。彼女としては珍しいことだ。

三男は理由もわからないまま、胸を高鳴らせていた。

「なんだよ。ハッキリ言えよ」

「あたしね……。ううん、やっぱやめとく」

夏菜子の顔が上気しているように見えたのは、長時間の作業と文化祭へ向かう興奮のためだろうか。

このとき三男は、「これが最後のチャンスなのだ」と意識していた。にもかかわらず、やはり最後の一歩を踏み出せない。

すると、夏菜子が口調を改めて言った。

「最後に斉藤くんと作業ができてよかった。すごく楽しかったよ」

「ああ、俺も」

それが精一杯であった。卒業後、三男はおりに触れ、告白しなかったことを後悔した。実はあのとき相思相愛だったのではないか、そう思うことも度々あったのだが、全ては後の祭りであった。

あれから十二年の歳月が経ち、二人とも大人になっていた。食後のお茶を飲んでいると、夏菜子がふと言いだした。

「あたしは失敗しちゃったけど、斉藤くんはどう？　幸せ？」

結婚生活のことを言っているのは、三男にもわかった。詳しい事情は知らないが、彼女もいろいろ苦労をしたのだろう。

だが、彼はすんなり答えることができなかった。

「幸せ……まあ、どうなんだろう。普通、なのかな……」

恐らく数日前に同じことを聞かれたら、あっさり「幸せだ」と言えただろう。しかし、例の風習のせいで三男は夫婦の将来が見えなくなっていた。姻戚とは言え、叔母や従妹と交わったあとで、何事もなかったように妻と暮らしていけるのだろうか。

三男の逡巡は、夏菜子にも伝わったようだった。

「ねえ、これから三方峠《さんぽうとうげ》に行ってみない？　すっごく見晴らしがいいんだよ」

「いいね。行ってみようか」

「時間はまだ平気？」

「ああ、全然問題ないよ」

彼女は気晴らしのために誘ってくれたのだろう。三男はそう思いながらも、心のどこかで青春の忘れ物を取り戻せるかもしれないという儚《はかな》い期待が胸を去来するのを否めなかった。

峠までの道中、二人はあまり話さなかった。それぞれに思うところがあったのだろう。夏菜子は運転に集中し、曲がりくねった山道を慎重に進んだ。

三男も、物思いに耽っていた。大河原家で起きたことや、しばらく会っていない妻のことをつらつらと考えていたのだ。

だが、その間にもときおり彼の目は運転席の夏菜子を見やっていた。

（本当に綺麗になったたな……）

家の事情に悩みながら矛盾した話だが、やはりかつて想いを寄せていた同級生の成長と変化には心惹かれずにはいられない。

すると、ふいに彼女が口を開く。

「もうすぐ着くわ。そっち側を見てて」

「え？　……うん」

三男は口ごもりながら答えた。彼女は、彼の注ぐ視線に気づいただろうか。

しかし、車窓を流れる風景にそんな気詰まりは消えていく。

「おー、これはすごいな……」

木立《こだち》が途切れ、突然目の前が開けた。田畑の広がる集落と、遠く連なる山々が一望の下に眺められたのだ。

夏菜子は得意そうに言った。

「でしょう？　地元では有名な場所なんだけどね。よその人には、あまり知られていないみたいなの」

「へえ。名所って感じかな」

「うん。特に若いカップルには定番のデートコースなの。いわゆる恋人たちの聖地、ってところかしら」

「ふうん」

さり気ないふうを装いながら、三男は内心動揺していた。恋人たちの聖地？　なぜ彼女はこんな場所に彼を連れてきたのだろうか。

まもなく車は道路を外れ、整地された展望台のようなところに止まった。この日は幸い彼らの他に訪れる者はいないようだった。

運転を終えた夏菜子はホッと息をつく。

「あたしもここに来るのは久しぶりなんだ」

「へえ、そうなんだ」

それきり会話は途切れる。車内に微妙な空気が流れていた。三男の目はフロントガラスからの風景を眺めているが、思いは隣にいる夏菜子の存在を意識している。

傾きかけた陽光が、眼下の集落を黄金色に染めていた。美しい光景が郷愁を誘い、車中の男女をも包み込んでいる。

「三男くん」

「え……？」

それまで「斉藤くん」だったのが、突然下の名前で呼ばれ、三男はドキッとする。

おもむろに夏菜子が運転席から身を乗り出し、顔をそば寄せてくる。

「中島……おまえ……」

「思い出を作ろうよ」

彼女はそう言うなり、そっと唇を重ねてきた。

突然のキスに三男は驚く。何が起きたのかわからなかった。だが、気づけば彼も夏菜子の体を抱き寄せ、舌を這い込ませようとしていた。

「ふぁう……みちゅ」

「んっ……レロ……」

夏菜子もまた舌を伸ばし、彼のそれと絡みつかせてくる。吐く息は甘く、三男は頭がカアッと熱くなり、無我夢中で彼女の唾液を貪《むさぼ》っていた。

「中島……夏菜子……」

「三男くん……」

彼女の舌遣いにも熱がこもっていく。かつての優等生も、年齢を重ね経験を経て、いつしか女としての手管《てくだ》を弄するようになっていた。

「レロ……ちゅぱっ」

三男はそんな彼女の舌を貪りながら、衝動が突き上げてくるのを覚える。あと一歩を踏み出せなかった思い出。忘れかけていた青春の情熱が、まさに燃え上がろうとしていた。

「夏菜子、俺……」

彼は興奮に駆られ、カットソーの上から膨らみを捕らえる。彼女が欲しい。

ところが、そのとき夏菜子がふと我に返ったように体を突き放したのだ。

「ごめん。あたしつい……」

「え……」

はしごを外された三男は言葉を失う。いったいなぜ？

すると、夏菜子は言った。

「だって三男くんには奥さんがいるんだもん。それなのにあたしったら……、自分勝手に盛り上がったりして」

瞳を潤ませ、後悔の念を口にする。だが、そのときも彼女の両手は三男の胸にかかり、中途半端に身を乗り出した恰好のままだった。

やはり相思相愛だったのだ。改めて三男は確信した。虚勢を張っているが、彼女も寂しいのだろう。そこへ彼と偶然再会し、思わず感情が昂《たかぶ》ったものの、途中でふと我に返ったものと思われた。

だが、三男もまた心に寂しさを抱《かか》えていた。帰るべき家があり、愛する妻がいるにもかかわらず、「婿殿籠り」のせいで気持ちが思い迷っていたのだ。

「夏菜子」

彼は呼びかけると、夏菜子の体を抱き寄せた。そして今度は彼のほうからキスをしたのだった。

「ああ、三男くん……」

「好きだ。ずっとずっと好きだった」

思いはすっかり高校生に戻っていた。夏菜子を遠く憧れていた十八の日々が鮮やかに蘇《よみがえ》る。抱きしめた体は柔らかく、温かかった。

やがて彼女も覚悟を決めたのだろう。キスの合間に言うのだった。

「後ろに行かない？　ここじゃ窮屈だから」

「うん。そうしようか」

車外に出る必要はなかった。座席をリクライニングすると、フルフラットになる構造で、そこから二人とも後部座席に移動できたのだ。

まさに青春の再現であった。まるで十代に戻ったかのごとく相手を眩しく見つめながら、互いの服を脱がせていく。

「両手を挙げて」

「うん……、三男くんも」

「わかった」

三男は新鮮なときめきを感じていた。大河原家での出来事が夢であったように思われる。夏菜子が見せる恥じらいは本物だった。

気づくと、二人は下着だけになっていた。

「綺麗だよ」

「やだ。あたし、もうオバサンよ」

「そんなわけないだろう。だったら、俺だってオジサンだろ」

「そっか。同い年だもんね」

そんなことを言い交わしては笑い合う。照れ隠しなのだろうが、やけに胸が躍るのはなぜだろうか。

夏菜子の肉体は、熟れかかった果実のようだった。青すぎもせず、ちょうどよく色づいて、艶やかに輝いていた。

「夏菜子……」

三男は白い肩を抱き寄せる。

「三男くん……」

男に抱かれ、見上げる瞳が潤んでいた。

どちらからともなく唇が吸い寄せられる。

「ちゅぱっ、レロ……」

「んふぁ……ふぁう」

舌を絡め合いながら、三男はブラのホックを外す。

夏菜子の体は熱を帯びていた。

「ん……」

二人が顔を離すと同時に、ブラジャーがはらりと落ちる。かつて三男が夢見ていた同級生の乳房が目の前にあった。

「夏菜子のオッパイ……」

それは突き抜けるように白く、たわわに実っていた。昔から彼女は着痩せするタイプだった。制服のときは目立たないが、体操服になると意外と巨乳であることに気づかされ、彼をはじめ、男子生徒たちを落ち着かなくさせたものだ。

その膨らみが惜しげもなく晒されていた。

「恥ずかしいわ」

男の熱い視線に夏菜子は怯んだように乳房を隠そうとする。だが、本当に怯えているのではないことはわかっていた。羞恥は本当だったが、その仕草には自分の肉体を誇らしく思っているであろう、そこはかとない媚態が含まれている。

やがて三男は、可愛らしい乳首を口に含んだ。

「ちゅぱっ。夏菜子……」

「んっ……ああ、三男くん」

夏菜子は敏感に反応し、身を震わせる。目を閉じて、彼の頭を抱いていた。

三男は夢中で乳首を吸い、芳《かぐわ》しい女の体臭にむせた。

「はむ……ちゅぱっ、るろっ」

「あんっ、んんっ」

狭い車内で男女の忙しい息遣いが響く。三男の両手は彼女の肌を愛で、脇腹から太腿へと撫で下ろしていく。

「あっ、んっ……」

まもなく彼の手はパンティを捕らえた。

「夏菜子の全てが見たい。お尻を上げて」

このとき三男は童貞だった頃に戻っていた。教室では当たり前のように接しながら、夜な夜な妄想の中で犯し、自慰に耽っていた十代の日々が蘇《よみがえ》る。あの当時、女性の体は神秘そのものだった。

夏菜子もまた処女だった頃を思い出しているのだろうか。

「うん……」

言われたとおり尻を持ち上げつつ、羞恥と興奮に息を荒らげている。

小さな布きれは三男の手によって取り去られ、同級生は一糸まとわぬ姿になっていた。

「ああ、これが夏菜子の……。脚を広げて」

「でも……」

「もっとよく見たいんだ」

恥ずかしがっていた彼女だが、三男の情熱に負けたらしく、車のドアに寄りかかって膝を立てた姿勢になる。

「ハアッ、ハアッ」

三男は異様に興奮し、身を伏せて彼女の膝を広げさせ、股の間に頭を割り込ませていった。

「ああ……」

十二年越しに神秘の扉が開かれた。土手に頂《いただ》く恥毛は薄く、スリットは軽く寛《くつろ》げた状態だった。そこを指でそっと押し拡げると、ヌラついたラビアが牝汁を滴らせているのだった。

「すうーっ……」

三男は胸いっぱいに彼女の恥臭を嗅ぐ。生々しくも、心そそる匂いだった。

「いい匂いだ。すごくいやらしい」

「そんなにクンクンしちゃイヤ」

夏菜子は彼の言葉に身じろぎするが、本気で嫌がってはいない。

三男はたまらず媚肉を口に含んだ。

「べちょろっ、ちゅばっ」

「んああっ、三男くんっ……」

とたんに夏菜子が高い声をあげる——と同時に、新たなジュースが噴きこぼれた。

「じゅるるっ、んばっ。ああ、夏菜子のオマ×コ美味しいよ」

三男は無我夢中で割れ目に舌を這わせ、喉を鳴らして愛液を啜った。

「こうすることを、ずっとずっと夢見ていたよ」

「あたしも……、あふうっ、三男くんっ」

応じる夏菜子の告白に、彼の劣情はますます昂《たかぶ》っていく。

「夏菜子も俺のことを……？」

「そうだよ。三男くんのこと、好きだったんだもん」

置き忘れた青春がそこにあった。相思相愛だったにもかかわらず、若さゆえ結ばれなかった彼らだが、互いに大人になった今、遮《さえぎ》るものは何もない。

「ハアッ、ハアッ。じゅるるっ、レロッ」

「ああっ、あっ、んんっ」

「ああ、いつまでもこうしていたい」

「あたしも……。あふうっ」

山の端に差しかかった夕日が、最後のきらめきを放っていた。それは周囲の全てを赤く照らし、車内の二人をも情熱の色に染め上げていた。

「あんっ……ねえ、今度はあたしにさせて」

ふと夏菜子が言いだした。気持ちは十代に戻っていても、肉体はそれなりの経験を積んでいる。求めることは、三十歳の女性としての欲望であった。

それは三男も同じだった。股間から顔を上げ、パンツを脱ぐと、彼女がそうしていたように、今度は彼がドアに寄りかかって脚を投げ出す恰好になる。

「すごい。反り上がってお臍についちゃいそう」

「夏菜子がエロいからさ」

実際、逸物はこれ以上ないほど勃起していた。亀頭は赤黒く張り詰めて、鈴割れから先走り汁を大量に噴きこぼしていた。

「三男くんのって、こんなに大きいんだ」

夏菜子は言いながら、肉棒の大きさを確かめるように何度か扱《しご》く。

「おうっ……」

それだけで三男はたまらなかった。あの優等生の夏菜子が、自分のペニスを愛おしそうに撫でさすっているのだ。

しかし、当然それだけでは終わらない。やがて夏菜子は身を伏せて、尖らせた舌で鈴割れをくすぐってきた。

「おつゆもいっぱい」

「はううっ、そこは……」

「三男くん、あたしこんなにいやらしい女になったのよ」

彼女は上目遣いで様子を見ながら、亀頭のぐるりを舐め回す。その淫靡な顔つきに三男は痺れるような愉悦を感じた。

「うはあっ、夏菜子ぉっ……」

「ああん、エッチな匂いがする。もう我慢できない……」

そしてついに夏菜子は太茎を口に含んだ。

「じゅぷっ、じゅるるるっ」

口中に唾液をたっぷりと含み、顔を上下に揺り動かす。

三男の全身に電気が走った。

「おおうっ……」

思わず呻《うめ》き声が出る。感動と快楽が波となって押し寄せてくるようだ。

夏菜子は髪をかき上げ、夢中で太竿をしゃぶっていた。

「んふうっ、三男くんのピクピクしてる」

「それは夏菜子が……ぐふうっ」

「気持ちいい？」

「ああ。こんなの初めてだよ」

「本当？　うれしい……」

褒め言葉に笑みを浮かべる彼女は淫らだった。狭い車内ゆえ、身を小さくしてしゃぶりつく姿が健気《けなげ》であった。

「ハアッ、ハアッ。うう……」

「んふうっ、じゅぷっ、じゅぷぷっ」

愉悦はとめどなく続く。寄せては返し、時間をも超えていく。

やがて夏菜子が火照った顔を上げた。

「もう我慢できなくなっちゃった。挿れてもいい？」

なんと彼女から挿入を求めてきたのだ。

無論、三男に否やはない。

「うん。俺も夏菜子が欲しいよ」

「三男くんはそのままでいて」

夏菜子は言うと、膝立ちで彼の腰に跨がってきた。

「このまま、しよ」

「ああ……」

脚を投げ出した姿勢で三男は答える。

すると、彼女の手が怒張を捕らえ、狙いを定めて腰を沈めていった。

「あっ……入ってきた」

肉傘の敏感な部分が粘膜に触れ、やがてぬぷりと突き刺さる。

「おふうっ」

「あんっ、全部入っちゃった」

対面座位でついに二人は結ばれた。十二年越しの恋が実ったのだ。

尻を据えた夏菜子の顔は上気していた。

「あふうっ、あたしたち……」

「ああ。いつかこうなるはずだったんだ」

「きっと運命だったのね」

「そうさ。夏菜子……」

三男は言うと、彼女の顔を引き寄せてキスをした。感動で胸がいっぱいになる。学生時代の思い出が走馬燈《そうまとう》のように駆け巡っていた。

夏菜子も同じ思いでいるようだった。

「どうしよう。あたし、昔と同じくらい三男くんのことが好きになってる」

「俺もだよ。それでいいじゃないか、今くらい」

「好きよ」

「俺も、夏菜子が好きだ」

溢れる想いを伝えるように、何度も濃厚なキスが交わされる。

そして何度目かのキスのあと、夏菜子が尻を上下させはじめた。

「あっふ……んああっ」

最初は一回ずつ、確かめるようにゆっくりと尻を引き上げては下ろす。

肉棒に愉悦が走った。

「うはあっ、ううっ……」

「三男くんのが中で……あふうっ」

夏菜子は息を漏らし、自らの行為で悦楽を貪っていた。

「すごい……もう止まらないわ」

宣言するように言うと、上下動は激しくなった。

「あっ、あんっ、ああっ、イイッ」

「ぬおっ……ハアッ、ハアッ」

快楽の嵐が吹き荒れる。三男は息を切らしつつ、両手で彼女の体を支えた。

夏菜子が上下するたび、ぬちゃくちゃと湿った音がした。

「ああん、んっ……すごいの。感じちゃう」

「俺も……ぐふうっ、激し……」

蜜壺は太竿をみっちり包み、快楽の奔流へと引きずり込んでいく。

三男の目の前には、たゆたう二つの膨らみがあった。思わずしゃぶりつく。

「夏菜子ぉっ、みちゅ……ちゅばっ」

「はひぃっ、ダメぇ……」

すると夏菜子は鼻声を鳴らし、身悶える。成熟した肉体と少女のような可愛らしい喘ぎ声とのギャップがたまらない。

「ちゅばっ、んばっ」

「んああっ、イイイッ……」

乳房への愛撫に身を打ち振るわせる夏菜子。その悦びを離したくないのか、尻を上下にするのをやめてしまった。

だが、代わりに今度は媚肉を押しつけるように前後に揺らしてきた。

「あっふ、あああっ、三男くん……」

「みちゅ……おおお、これもたまらん」

肉棒は根元から揺さぶられ、膣壁の凹凸が裏筋をねぶった。三男はしゃぶっていられなくなり、谷間に顔を埋めたまま愉悦に浸る。

「あんっ、これイイッ。三男くん、気持ちいいよっ」

夏菜子は悩ましい声をあげ、夢中で股間を押しつけてきた。

その淫らな肢体に興奮し、三男も下から腰を突き上げ始めた。

「ハアッ、ハアッ。あああ、たまらないよ」

「奥に……当たって。んあああっ」

「夏菜子……あああ、夏菜子っ」

二人の起こす振動で、車のサスペンションも揺れていた。外から見る人がいたら、明らかにカーセックスしていることがバレただろう。

しかし、その激しさゆえ、同じ姿勢でいることが難しくなってくる。

「ハアッ、ハアッ、ぬあっ……」

下で支える三男の尻は滑り、徐々に仰向けになっていく。

「あんっ、イイッ、あふうっ」

快楽に夢中な夏菜子も知らぬうちについていった。

そして、気づいたときには騎乗位になっていたのである。

「やだ、三男くん……」

「うん。でも、このほうがやりやすいかもね」

熱情の最中、ふと我に返り見つめ合う二人。おのずと笑みが浮かび、夢中になりすぎていた自分たちに気づいておかしみを共有する。同じ青春を過ごしたクラスメイトだからこそ、言葉にしなくても心が通じ合うのだ。

しかし、このちょっとした幕間が欲望を冷ますことはなかった。

「夏菜子……」

「うん」

見つめ合う目が交錯する。思いは一つだった。

上になった夏菜子は再び腰を揺さぶりはじめる。

「あっふ、んんっ、あっ」

両手を彼の腹に突き、腰の蝶番だけで上下させた。

対面座位とはまた違う快楽が肉棒に走る。

「うはっ……おうっ、ううっ」

「あんっ、三男くんったらエッチな顔してる」

「夏菜子だって──おおおっ」

腰の上で舞い踊る夏菜子は淫らで美しかった。たわわな乳房の際に汗を滲ませ、恥丘は肉棒を咥え込んでいる。ウットリとした表情も悩ましく、この瞬間を永遠ものと思わせてくれるのだった。

「ああっ、あんっ、あふうっ」

「ハアッ、ハアッ、うああ……」

彼女が腰を引き上げるたび、太茎を咥えた花弁が伸び縮みするのが見えた。体と心は一つになっていた。十代の純粋な恋心が二人を包み、悦楽への絶えざる欲望として昇華されていくようだった。

夏菜子は懸命に腰を使う。

「あんっ、イイッ。あふうっ」

「ハアッ、ううぅっ、はうっ」

「三男くんのオチ×チン、どんどん大きくなっていくみたい」

「それは夏菜子が……ぐふうっ、締まる」

「ずっとこうしていたいわ」

「俺もだよ」

感極まった三男は身を起こし、夢中で舌を貪った。

「べちょろ……ちゅばっ」

「はむ……三男、くん……」

そして彼はその勢いを駆って、彼女を押し倒したのだ。

「夏菜子、俺……」

「うん。いっぱい愛して」

結合を解かぬまま正常位になっていた。二人の呼吸はピッタリだった。このとき三男の脳裏にふと優奈の顔が浮かぶ。はたして妻とでも、これほど通じ合ったことがあるだろうか。そう思うと胸がチクリと痛んだが、この瞬間の快楽がそんな杞憂《きゆう》を押し流してしまう。

「そう言えば、覚えてる？　文化祭のとき――」

上になった三男がふと言いだすと、夏菜子はこくりと頷《うなず》いた。

「よく覚えてるよ。楽しかったもん」

「俺もよく思い出すんだ」

「どうして？」

「どうして、って……。あのときはほら、夏菜子が……」

すると、見つめ返す夏菜子の目が潤んできた。

「やっぱり気づいてたんだ、三男くんも」

文化祭の準備の後、彼女が三男に告白しようとしていたのは事実であった。十二年越しの答え合わせに彼の胸はいっぱいになる。

「ずっと後悔していたんだ。俺のほうから言えばよかったって」

「あたしも。あのときは勇気が出なかったのね」

「でも、今なら……」

「うん……」

自ずと顔が引き寄せられる。唇が重ねられ、舌が絡み合った。

「レロッ、んばっ……」

「んふうっ、ちゅばっ」

そうして唾液を貪り合いながらも、三男は腰を振りはじめた。

「ふぁう……ふうっ」

「んあっ……あふうっ」

怒張は青筋を立て、濡れた花弁に抜き差しされた。三男が腰を入れるたび、夏菜子は体をビクンと震わせて、感じ入ったような声をあげた。

やがて三男は少しずつ体を起こしていく。

「ふうっ、ハアッ、ハアッ」

それと同時に抽送のリズムも快調になっていった。

夏菜子の喘ぎも激しさを増してくる。

「あんっ、あああっ、イイッ」

肉棒でかき回された蜜壺は、盛んに牝汁を噴きこぼす。車内には激しい息遣いと獣じみた性臭が充満していた。

「ハアッ、ハアッ、夏菜子……」

三男は息を切らし、ひたすら媚肉を抉《えぐ》った。快楽が全身を包んでいる。同級生の蜜壺は吸いつくようで、張り詰めた太竿をしんねりとねぶり回した。

「うはあっ」

思わず両手で彼女の尻をもぎ取るように摑《つか》む。尻たぼは三十路らしく肉づきもたっぷりしていた。

この激しい愛情表現に夏菜子は喘ぎで応えた。

「あひいっ、ダメえええっ。感じちゃう」

「ああっ、夏菜子っ。俺も感じるよ」

「すごい。すごいのぉっ、もっときてぇ」

「夏菜子っ、夏菜子ぉっ」

互いの愉悦を目の当《ま》たりにし、二人はますます燃え盛っていく。

三男は再び覆い被さる恰好になり、激しく突き入れた。

「ハアッ、ハアッ、ハアッ」

「んあああっ、イイーッ……」

ひと際高く喘ぐと、夏菜子は両脚を彼の腰に絡みつかせてきた。

重みで三男の顔が引き寄せられる。

「夏菜子」

「ねえ、あたしもうイキそうなの」

「俺もだよ」

「だったら……」

彼女は言うと、首をもたげて舌を絡ませてきた。笑みを浮かべ、唾液を貪る姿が淫らだった。

「最後まで……一緒にイこう」

「ああ……。一緒に……」

これが最初で最後なのだ。二人とも言葉にせずともわかっていた。学生時代の思い出は思い出のまま、夕暮れの峠に置いていかねばならない。

「いくよ」

三男は言うと、万感の思いを込めて抽送を再開する。

腰の一振り一振りが貴重な一瞬だった。

「ハアッ、ハアッ」

「あんっ、ああっ」

肉がぶつかり合う音は、やがて激しさを増していく。

「ハアッ、ハアッ、ハアッ」

「あっふ……イイッ、イイイイーッ」

「ああ、俺もうヤバイかも……」

「あたしも。んああっ、イキそう」

夏菜子が体を波打たせ、悦びを全身で表現する。両の乳首はピンと勃ち、天井を指し示しているのだった。

「ハアッ、ハアッ、ハアッ」

三男の額に汗が浮かぶ。陰嚢の裏から射精感が突き上げてきた。

かたや夏菜子も今や絶頂寸前だった。

「んあああっ、ダメえっ。イクッ、イッちゃううううっ」

「俺も、イクよ。このまま出すよ」

「いいわ。きて。あたしも……はひぃっ、イックううーっ！」

夏菜子はおもむろにガクガクと震えだし、絶頂を叫びながら四肢を突っ張る。

その衝撃は蜜壺を締めつけた。三男も限界を迎える。

「うはあっ、ダメだ。出るっ！」

大量の白濁液が放たれ、同級生の胎内を満たしていった。

それを受け止める夏菜子の全身が輝いている。

「んああっ、三男くん……」

掠《かす》れ声で最後に言うと、満足したようにぐったりと弛緩したのであった。

すべてを終えた車内には、妙な気恥ずかしさが漂っていた。

「いい思い出ができた、よね？」

夏菜子は脱ぎ散らかした服を手に取りながら、確かめるように訊ねてきた。見え隠れする恥毛はまだ濡れたままだった。

三男はそんな彼女の裸体を惜しみつつ答える。

「うん、今日のことはずっと忘れないよ」

「あたしも。ありがとう」

やがて二人は服を着直し、峠を下りていった。帰りの道中、あまり会話はなかった。

街へ帰れば、またそれぞれの暮らしが始まるのだ。

駅前に車が停まり、別れのときが来る。

「本当にここでいいの？　家まで送っていってもいいけど」

「いいんだ。歩いて帰るよ。いろいろ考えたいこともあるし」

「そう？　なら、ここで。元気でね」

「ああ、夏菜子も」

三男が車を降りると、夏菜子は走り去っていった。彼女と偶然再会できたのは、思わぬ僥倖《ぎょうこう》であった。

「さて、帰るか……」

当初は妻に連絡をとろうと思い、街まで出てきたのだが、夏菜子と出会ったために目的は果たせなかった。相変わらずスマホも財布もないうえ、すでに周りは暗くなっている。結局、大河原家に戻るしかないのだ。

「はあぁ……」

三男はため息をつきながら歩きはじめた。また一時間も歩くのかと思ったら、足取りも重くなる。

すると、そこへ一台の車がやってきた。

「三っちゃん、お楽しみだったようね」

「万里子さん……」

叔母の万里子だった。彼を探し回っていたようだが、どうやら夏菜子といるところを目撃されたらしい。

「とにかく乗りなさい」

「うん」

だが、三男も素直に同乗した。今さら抗《あらが》っても仕方がないと思った。彼がどうあがいてみても、大河原家の女たちからは逃れられない運命なのだ。

まもなく車は動き出し、田園風景の中を走っていった。

「車のあの子、三っちゃんの同級生じゃない?」

ふと万里子に訊ねられ、三男は言葉少なに答える。

「うん、まあね」

「やったでしょ」

「え……?」

あまりに直接的な聞き方に三男はうろたえてしまう。

すると、万里子はふいに車を路肩に停めた。

「どうなの。正直におっしゃい。叔母さん怒らないから」

真剣な顔で言われ、三男は混乱したまま答えた。

「ちょっと待ってよ。いくら万里子さんでも、プライベートのことまでどうこう言われたくないな」

ここ数日間、いいように振り回され、少し反抗的な気持ちもあった。三男は憮然としてみせたが、万里子には通じなかった。

「あのね、あなたは今『婿殿籠り』の最中なの。だから、よその女の匂いを付けたま ま、離れに戻ってほしくないのよ」

「え。何それ？　どういう……」

「いいから、三っちゃんはそのままでいてちょうだい」

三男が呆気にとられている間に、万里子は運転席から身を乗り出し、手早く彼のズボンを脱がせてしまった。

「あっ、いったい何を……」

「家に帰る前に浄化するのよ」

彼女は言うと、身を屈《かが》ませ、鈍重になったペニスをパクリと咥え込んだ。

三男に戦慄が走る。

「はうっ、万里子さんそれは……」

「んふうっ。ダメよ、こんなに女の匂いさせていちゃ」

万里子は言いながら、遠慮会釈なくしゃぶりたてた。

「じゅぷっ、じゅるるるっ」

「ううっ、さっきしたばかりのチ×ポを……」

三男は口舌奉仕を受けながら、叔母の淫蕩さに驚き呆れる始末だった。いくら「浄化」のためとはいえ、別の女の匂いがついた肉棒をよく平気で舐められるものだと思うのだった。

万里子は彼の股間に身を伏せて、自らの口で汚れを浄化した。

「じゅるっ、んふうっ。硬くなってきた」

「ハアッ、ハアッ。マズいよ……」

三男の息も上がってきた。やはり快楽には勝てなかった。ましてや万里子は一度結ばれた間柄でもある。欲望に体が反応するようになっていた。

「んふうっ、じゅぷぷぷっ。どう、三っちゃん気持ちいい？」

「うん……。ぐはあっ、もうダメだ出る……」

「出して。あたしのお口に全部出していいのよ」

「うはあっ、ああっ、万里子さんっ」

「んっふ、じゅぷ……オチ×チン美味しい」

「ぬうっ、出るうっ！」

さっき射精したばかりだというのに、大量の白濁液が口中に放たれた。三男の背筋を快楽が駆け巡り、尽きせぬ欲望が温かい粘膜に吐き出された。

「んふうっ、んぐ……ごくん」

すると、万里子は出されたものをすべて飲み下してしまったのだ。

「万里子さん、俺……」

「ん。濃いのがいっぱい出たわ。これでもう帰っても大丈夫ね」

起き上がった万里子は満足そうに口を拭《ぬぐ》い、何事もなかったかのように再び車を走らせた。

第四章　美しき女中の告白

朝六時、布団の三男は隣室の物音に目を覚ます。心春が起床したのだろう。

「うむむ……」

しかし、彼はまだ起きる時間ではない。不機嫌そうに呻《うめ》くと寝返りを打ち、目を閉じて二度寝しようとする。

先日の脱走失敗で見張りは厳重になっていた。三男が暮らす広間には、六畳ほどの布団部屋が隣接していた。そこに女中の心春が寝起きするようになっていたのだ。

結局目覚めた以降は眠れず、七時になると心春が起こしにやってくる。

「三男さま、朝でございます」

「うん……」

三男が不承不承《ふしょうぶしょう》といった感じで起き上がると、心春は白湯《さゆ》を差し出した。

「昨晩はずいぶんと寝言をおっしゃっていました」

「なんて言っていた？」

「さあ。帰りたい、とか戻れない、とか。ハッキリとはわかりません」

「ふうん」

「それにお顔の色が優れませんわ。熱でもあるのかしら」

心春は言うと、遠慮せず彼の額に手を当てた。ひんやりした手だった。

三男は内心ドキッとしながらも平然を装う。

「大丈夫だよ。ただ、あんまり食欲はないから……」

「でしたら、朝はお茶漬けがよろしいですわね」

こういった調子で朝から晩まで付きっきりなのだ。心春は甲斐甲斐《かいがい》しく身の回りの世話をしてくれていたが、四六時中見張られているのは、さすがに三男としても息苦しくなってくる。

そのうえ、心春とは蒼との一件以来、因縁があった。夜中に蒼が裏山の祠《ほこら》で男と交わっているとき、覗いている三男のペニスを心春が扱《しご》いて射精させたのだ。

だが、女中はそのときのことを一切触れようとはしなかった。

（でも、俺は知っているんだぞ……）

三男には心中秘するところがあった。心春の出生の秘密を聞いてしまったのだ。情報源は意外なことに夏菜子であった。

「昔から大河原さん家にはいろいろと噂があって……」

デート中、夏菜子はそんなふうに切り出したのだった。曰《いわ》く、大河原家の女中、すなわち心春は次女万里子の娘婿、繁夫の落とし胤《だね》だというのである。

もちろん夏菜子は、「婿殿籠り」の風習のことなど知らない。しかし、田舎の子供同士の噂で、父娘関係がまことしやかに語られていたようだった。

三男はその話に衝撃を受けた。叔父と心春が父娘かもしれないという事実はもちろんのこと、そんな家の醜聞が隠しきれずに漏れてしまっているということだ。

だが、彼はすぐにそのことを本人に確かめたりはしなかった。いざというときの保険にしようと思っていたのだ。心春には一度蒼のことで騙し討ちされている。しっかり噂の裏を取り、彼女を味方に付けようと考えていた。

一日は何事もなく過ぎ、三男は布団に横たわっていた。隣室では心春も眠りに就いているはずだ。離れの広間は静けさが漂っていた。

「ふうーっ」

三男は息を吐くと、思いきったようにむくりと起き上がる。慎重な身のこなしだった。物音を立てぬよう、抜き足差し足で布団から抜け出た。

そして、彼は隣室と仕切る襖《ふすま》をそっと開く。

（頼む。起きないでくれ……）

祈る思いで暗い小部屋を覗くと、心春はちゃんと布団で寝息を立てていた。

ホッとする三男。すやすやとよく寝ているようだ。

彼は何をしようとしてたのか――そう、心春出生の秘密に繋《つな》がる証拠を見つけようとしていたのだった。

叔父との繋がりがわかるものならなんでもいい。日記、通帳やなんらかの戸籍を示す書類などを確かめたかった。

寝息を立てる心春の枕元には、腰高の茶簞笥《ちゃだんす》があった。彼女の衣類や身の回りのものは、ほとんど全てそこにあるはずだ。

三男はそうっと足を運び、心春の枕元を跨いでいく。

（あっ……！）

一瞬畳で足が滑り、音が鳴って肝を冷やした。恐る恐る下を見るが、心春はわずかに身じろぎしただけで目覚めはしなかったようだ。

「ふうーっ」

三男はホッと息をついて、一番上の引き出しから開けようとした——が、そのときだった。

「三男さま、どうされました？」

心春が目覚めたのだ。三男は慌てて引き出しを戻し、平静を装おうとした。

「いや、なんだその……読み物でもないかと思って」

それは、いかにも嘘くさい言い訳だった。本なら昼間に頼んで祖父の部屋から持ってきてもらえばいい。心春の部屋にあるはずもなかった。

このとき心春の寝間着も浴衣であった。とっさに起き上がったためか、襟元が乱れて柔肌が覗いている。

「読み物でございますか……」

乱れ髪を指で梳《す》きながら、彼女は思案する様子だった。

薄暗がりで眺める二十五歳の心春はやけに色っぽい。三男は当初の目的を忘れそうになっていた。

「いや、忘れてくれ。寝ぼけただけなんだから」

この場は適当に誤魔化すしかない。彼は言い繕って出ていこうとした。

ところが、心春は妙に落ち着いた声で言った。

「お訊ねになりたいことがあるんでしたら、どうぞ仰《おつしや》ってくださいませ」

「え……いや……」

三男の不穏な様子は隠しきれていなかったらしい。口ごもる彼に対し、心春は冷静に枕元の間接照明を灯し、布団から出て正座した。

「三男さまもお座りになって。今、お茶を差し上げますから」

「う、うん……」

こうなったら覚悟を決めるしかない。三男は布団の脇に腰を下ろし、彼女が茶を注いだ湯呑みを受け取った。

「さあ、仰ってください」

端然と言い放つ心春だが、詰問するふうではない。声音《こわね》は優しく、薄化粧を施した顔の表情も柔らかかった。

三男は茶をひと口啜ってから口を開く。

「なら聞くけど、心春さんのお母さんはどんな人だったの？」

いきなり核心には踏み込めなかった。うら若い女性を相手にいきなり「隠し子」の嫌疑をかけるのは、いささか心苦しかったのだ。

心春は言った。

「まあ、そんなことでしたの。そうですねえ、母はわたくしが幼い頃に亡くなりましたから、あまり記憶はないのですが」

「ごめん。変なこと聞いて」

「いいえ、かまいませんわ。人づてに聞くところだと、今の年頃のわたくしとそっくりだったと仰る方もいます」

「ふうん。お母さんも綺麗な人だったんだ」

三男はごく普通に反応したつもりだった。一般的に見ても、心春は十人並み以上の器量の持ち主だったからだ。

ところが、心春は意外なことを聞いたという顔をした。

「あら、三男さまったらそんなふうに……」

「あ、いや別に……」

「からかっていらっしゃるんですの？」

彼女は睨む真似をしながら、着崩れた浴衣の襟元をかき合わせる。

だが、その仕草がかえって三男の目を引いた。

「まさか。からかってなんか……」

「三男さま？」

「え……？」

「もしかして、欲情なさっていますか？」

心春の目が妖艶な光をいただいたようだった。真っ白な首筋にかかる後《おく》れ毛が悩ましい。胸元に置かれた手が、誘うように襟元を寛げる。

三男はまともに呼吸できなくなっていた。

「そ、そんなわけないじゃないか。俺はそんなつもりで……」

「まあ。では、わたくし勝手な思い込みで……。申し訳ございません」

心春は言うと、三つ指をついて深々と頭を下げた。

慌てたのは三男だ。

「やめてくれよ。違うんだ、これにはちゃんと理由があって」

「わたくしの勘違いじゃなかったってことですか」

「いや、そうじゃなく……」

このとき三男が考えていたのは、やはり叔父との関係だった。もし噂どおり心春が繁夫の隠し子だとしたら、自分とも縁戚ということになる。すでに蒼と交わった彼であるが、このうえ罪を重ねたくはなかった。

だが、そんなことなどつゆ知らず、心春は膝を崩し、にじり寄ってきた。

「では、心春を女だと思ってくれますか」

彼女は言うと、三男の胸にすがりついてきた。

肌の温もりと女の甘い香りが男心を蕩かしていく。

「心春さん……マズいよ」

「何がマズいんですの？　誰も来ませんわ」

心春の手が襟元に這い込んで直接肌を撫でた。

三男の呼吸は荒くなっていく。

「誰も来ないとか、そういうことじゃないんだ。心春さんと俺は……」

親戚なのだ。彼は言いたかったのだが、その前に彼女が胸板に唇を寄せてきたため尻切れトンボになった。

「──ううっ……」

顔を上げた心春が上目遣いに見つめてくる。

「心春が舐めて差し上げます」

「こ、心春さん……」

夢でも見ているようだった。そんなつもりではなかったのだ。しかし、浴衣の心春に帯を解かれても、彼は押しとどめようとはしなかった。

「お尻を上げてくださいな。これじゃ、パンツを脱がせられません」

「う……けど、俺たちその……」

三男は苦悩しつつも、魔法にかかったように尻を持ち上げる。

パンツは引き抜かれ、勃起した逸物が弾けるようにまろび出た。

心春はウットリした顔でそれを眺める。

「まあ、こんなに興奮してくださっているのね。うれしい」

「い、いやこれは……」

「蒼さんのエッチを覗いているときと、今とどっちが欲情されていますか?」

彼女はそんなことを言いながら、野花でも摘むように両手で肉棒を捕まえる。

三男の全身に愉悦が走った。

「はううっ」

「殿方のいやらしい顔。心春も興奮いたします」

「違うんだ。心春さん、聞いてくれ」

「何がです? 三男さまの仰ることはずっと聞いていますよ」

硬直を握った手はゆっくりと上下していた。前屈《かが》みになった心春の襟元からたゆたう二つの膨らみが見えている。

「ハアッ、ハアッ」

「ああ、いやらしい顔」

「心春……ダメだ。俺たち……実は親戚同士なんだよ」

ついに言った。夏菜子から聞いた街の噂を今こそブチまけたのだ。戸籍の繋がりがあるとわかれば、さすがに彼女も身を引くだろう。

ところが、心春はまるで動じなかったのだ。

「何を仰っているの」

「いや、だから……」

「オチ×チン、舐めてほしくないんですか？」

「舐め……そういうことじゃなくてさ、つまり――」

三男が必死に説明しようとする間にも、心春は身を屈めて肉傘をパクリと咥えてしまう。

「はううっ、だから――！」

「んふうっ。こんなにカチカチ」

冗談か何かと思ったのだろうか。心春は意に介さず、上下にストロークを繰り出しはじめた。

「じゅぷっ、じゅるるっ」

「ううっ、心春さん。マジで……」

「ん。三男さまって、感じやすい方ですのね」

心春は舌を使い、口中に含んだ亀頭を転がした。肉棒の根元を指でつまんで支え、股間で小さな頭を振り立てるのだった。

「んぐちゅ、じゅぷっ、じゅるるるっ」

「ハアッ、ハアッ」

めくるめく快楽に三男はもはや逆らえない。浴衣をはだけ、両脚を投げ出した恰好で女中の口舌奉仕を受けていた。

（俺と君は親戚同士なんだぞ……）

心で繰り返すのは、自分への弁解でもあった。俺は事前に警告したのだ。それでもなお彼女がやめようとしなかった——そう思いたかったのだ。

心春は陰嚢を手で転がし、竿をしゃぶり続けた。

「ちゅぷっ、んっ……オチ×チンがヒクヒクしてきたみたい」

「ううっ、だって……。ああ、マズいよ、そこ」

「気持ちがよろしいんですの？　なら、このまま出していらして」

「ああっ、そんなにカリを……ぐふうっ」

心春のテクは絶妙であった。二十五歳で住み込み女中として働き、ほとんど町から出たこともないであろう彼女が、なぜこれほど性戯が上達したのか。

だが、三男が感じている愉悦は本物だった。

「ううっ、マズいよ。俺、本当に出ちゃいそう」

「いいわ。心春の口にいっぱい出して」

彼女は言うと、ラストスパートをかけてきた。口をすぼめ、より一層激しく吸いたててきたのだ。

「じゅっぷ、じゅっぷ、じゅるるるっ」

「ああ……ああっ、ヤバイもうダメだ」

「んふうっ、出して。三男さまの気持ちいいのを」

「あ……。うはあっ、出るっ！」

絶頂は突然だった。それまで堅牢だったダムが突然決壊し、貯水池の水がどっと溢れ出た感じだった。

口中で受け止めた心春が一瞬えずく。

「ぐふうっ、ん……」

だが、噴き出すまでには至らなかった。なんとか堪《こら》え、彼女は出された白濁液を一滴残らず飲み干していた。

「ごくり……」

「ハアッ、ハアッ、ハアッ」

三男は頭が真っ白だった。欲望に負けてしまった。親戚同士とわかったうえでフェラを許し、あまつさえ口内発射まで至ってしまったのだ。

かたや心春は平然とティッシュで口の端を拭《ぬぐ》っているところだった。

「一日空いただけでこんなに濃いのを出されるなんて。お強いんですね」

「いや、その……そういう問題じゃ……。心春さん、あのさ」

「何ですの」

「さっき言ったのを聞いてなかったの？　ほら、俺と心春さんが……」

「あー、たしか親戚とか何とか」

「そう、それだよ」

三男は改めて夏菜子から聞いた噂を説明した。すなわち、心春がその母・雪子と三男の叔父・繁夫の間にできた私生児ではないかという疑惑である。

しかし、それを聞いた心春は一笑に伏した。

「ありえませんわ。だって、わたくしの父親は別にちゃんといますから」

「え。そうなの？」

聞けば、心春の父は地元の職人だったとのことで、大河原家の祖父・毅一郎が目をかけており、当時女中だった雪子と結ばれたという。だが、件《くだん》の父親は結婚すると間もなく病死し、雪子も心春を産んだのち、この世を去ってしまった。

「そうした両親の縁で、わたくしも長らく当家にお世話になっています。母も恩義は感じていましたし、それが繁夫さまと隠し子を作るなんて滅相もございません」

幼くして両親を失った心春の言葉には真実味があった。三男も納得し、いい加減な噂に踊らされたことを反省した。

「そうだったんだ。ごめん、心春さんが傷つくようなことを言って」

「いいえ、いいんです。わかっていただければ」

しかし、そのとき三男の記憶が蘇《よみがえ》る。雪子の日記だ。克明に記された「婿殿籠り」の歴史を見てしまったことが、どうしても忘れられなかったのだ。

「実は、先日お祖父さんが読んでいたんだけど……」

彼は日記を読んだことを心春に告げた。娘である彼女も同じような記録を付けているのか知りたかった。

すると、心春が妙なことを言い出したのだ。

「いいえ、わたくしは日記など付けておりません。母のものも見たことがありませんでした。ただ……」

「ただ、何？」

「ええ。三男さまが正直に仰ってくださったので、わたくしもお伝えしたいことがございます。蒼さんのことで」

どうやら蒼にはまだ秘密があるらしかった。

夜は更けていく。離れの小部屋では、薄暗がりの中で浴衣の男女が各々寛《くつろ》いだ姿勢で話し合っていた。

三男は壁に寄りかかり、片膝を立てている。下着は脱いだままだった。

「——それで、蒼ちゃんの秘密って？」

蒼には処女のフリをされて騙された。そのうえ、どんな裏があるというのだろう。

布団の上に脚を崩して座る心春は言った。

「あの晩のことを覚えていらっしゃいますか」

もちろん裏山の祠で見知らぬ男とまぐわっていたことを指しているのだ。三男が慎重に頷くと、心春はさらに続けた。

「実はあれ、蒼さんに頼まれたんです」

「どういうこと？」

「あの晩、三男さまが裏山へ行くように誘導したんです。蒼さんはその……見られるのがお好きな質《たち》なものですから」

「え？　それじゃあ……」

三男の記憶が蘇る。たしかにあの夜、蒼を抱いたあとに風呂の支度をする心春が、「気分転換に」と裏山へ行ってみるよう示唆したのだった。

すべては蒼の計略だったのだ。ようやく気づいた彼は、二十歳の娘の深謀遠慮に肝《きも》を冷やすとともに、性に対する飽くなき情熱にエロスを感じた。

「つまり、心春さんは命令に従っただけなんだね」

「はい。蒼さんとは仲がいいですし、それが女中の務めですから」

「じゃあ、彼女が『好き者』だっていうのも……」

「ええ。蒼さんがそう言えと」

「うーん」

考えるべきことは多かった。蒼のこと、夏菜子が言っていた町の噂。だが、とりわけ反省すべきなのは、心春の人間性に対する勘違いだった。

しばしの沈黙のあと、心春が口を開く。

「大変申し訳ございませんでした。いろいろと三男さまを惑わすようなことをいたしまして」

きちんと座り直し、深々と頭を下げられ、三男は慌てる。

「心春さんが謝ることはないよ。逆らえる立場じゃなかったんだから」

「はあ、しかし……」

「いや、俺のほうこそ君を誤解していたんだ。ごめん」

彼は言うと、片膝立てた姿勢のままだが頭を垂れる。

すると、心春はハッとしたような顔をした。

「まあ、三男さまがそんな……。どうかお顔を上げてくださいませ」

「お互いさまだったってことだよね。しかたないよ、この家では」

「そう言っていただけると少し安心します。けれど、わたくしやっぱり間違っていたんです」

三男は意図がわからず心春を見つめる。薄化粧の顔はどこか寂しげだった。早くに両親を亡くし、大河原家の女中として過ごす人生には、いったいどんな景色が見えているのだろうか。

心春はしばし俯いて、自分の指を弄《もてあそ》ぶ様子だったが、ようやく考えがまとまったらしかった。

「わたくしが間違っていたのは、蒼さんも当家の人間なら、三男さまだって大河原家の一員でいらっしゃるということです。つまり、わたくしが仕えるべきだったのは蒼さんだけでなく、三男さまにも忠実であらねばいけなかったんです」

彼女の告解に三男は黙り込んでしまう。なんと見上げた忠誠心であろう。その堅固な意志に比べ、自分はただ流されるまま従ってきたにすぎない。

寂しげに俯く心春は美しかった。真実を知った今、三男が彼女を見つめる目は疑いから信頼へと変わっていた。

「心春さんは結婚しないの？」

いつしか三男は彼女だけがこの家で唯一の味方ではないかと思いはじめていた。心春のような女性は、大河原家で一生を腐らせてはいけない。親愛の情からの質問だった。

すると、心春は顔を上げた。

「いいえ。そんな相手はいませんわ」

「そっか。でも、心春さんなら……」

「三男さま」

「え……？」

「こちらにいらして」

つぶらな瞳がこちらをジッと見つめている。浴衣はきちんと着ているが、横に崩した膝から下が裾から出ていた。白い脹《ふく》ら脛《はぎ》が艶々と輝いている。

「心春さん……？」

三男は我知らず、布団のほうににじり寄っていった。

待つ構えの心春はすると掛け布団をまくり、こちらをジッと見つめながら、布団に横たわっていく。

「少し寒いです。温め合いませんか？」

「う、うん……」

先ほどフェラで一発抜かれたあとだ。添い寝くらいで今さら照れる間柄でもないのだが、彼が見つめる心春は今までとは別人であった。

彼が布団に横たわると、心春は早速脚を絡みつかせてきた。

「あー、温かい体。安心します」

「うん。なんとなくわかるよ」

三男の胸は高鳴っていた。新たな目で見る心春は大河原家の女中ではなく、一人の美しい二十五歳の女性であった。

「触っても、いいですか？」

心春は息のかかる距離で囁《ささや》くと、彼の襟元から手を差し入れた。

「逞しい男性の体。女であることがこれほどうれしいと思うことはありません」

「こ、心春さん。そんなことされたら俺も……」

「ええ。もっと体温を感じ合いましょう」

彼女は言うと、三男の浴衣をはだけさせた。

興奮した三男も、お返しに心春の帯を解く。

二人はほとんど離れないまま、気づくと全裸になっていた。

「ああ、素敵だわ。三男さま」

心春の肉体は労働で引き締まり、無駄なところがひとつもなかった。お腹は平らで、ウエストがくびれている。しかし女らしい乳房は十分に肥え、尻もたっぷりとしていた。

三男は昂《たかぶ》りを感じながら、素肌の彼女を抱く。

「綺麗だ。染みひとつない」

「だって、わたくしまだ二十五ですのよ。でも、あと五年もしたらオバサンになってしまいます」

「そんなことないよ。心春さんならきっと……」

「いいえ、そうなんです。だから、まだ綺麗なままでいる今のうちに見ていただきたいんです。三男さまのような方に」

心春は思いを吐露すると、彼の胸に顔を埋《うず》めた。

「ひと晩中、こうしていたいくらい」

その呟《つぶや》きは三男の胸を刺した。彼女を単なる使用人として見ていた自分が恥ずかしくなるほどだ。心春は、愛されるべき女だった。

「ああ、心春。可愛い人だ」

三男がきつく抱きしめると、心春の腕にも力が入った。ただ抱き合っているだけなのに、なんて気持ちいいのだろう。

するとすると、心春が顔を上げた。

「三男さま……」

「心春」

自《おの》ずと唇が吸い寄せられた。しっとりとした唇が重なり、どちらからともなく舌を相手の歯の間に滑り込ませる。

「ふぁむ……ちゅばっ……」

「レロ……ふぁう……」

心春の舌は熱情的に這い込んだが、キスの仕方は緩慢だった。まるで時間を引き延ばし、ゆったりと感触を味わっているようだ。

「んむ……心春……」

かたや三男は欲情し、興奮状態にありがちな焦燥感を抱いていた。彼の舌は心春の歯の裏を滑り、顎の裏を舐めて、女の唾液を貪《むさぼ》っていた。

「んふうっ、ちゅば……」

心春もウットリとしているようだった。目を閉じて、手のひらで彼の肩や背中を撫でさすりつつ、体をさらに押しつけようとした。

横たわる三男の陰茎がムクムクと起き上がってくる。

その肉棒を心春の手が逆手《さかて》で握った。

「大きくなっていらっしゃる」

「うっ……。いやらしい手つき」

「三男さまも触って」

心春の潤んだ瞳が熱を帯びている。

年頃の男女が襖《ふすま》一枚隔てただけで寝起きしているのだ。いつかはこうなる運命だった。三男は心中密かに思っていた。

心春の手がゆっくりと肉棒を扱く。

「どんどん硬くなってきましたわ」

「うう……。心春のここも、濡れているよ」

三男の手は濡れた花弁をまさぐっていた。愛液の量は多く、恥毛は薄かった。

「んっ……。ああ、三男さま上手《じょうず》」

「心春も感じてる？」

「ええ……あふうっ。どうしましょう、わたくし……」

言葉を途切れさせた心春は悩ましげに眉根を寄せる。

たまらず三男は唇を奪った。

「心春、可愛いよ」

「ああっ、三男さま」

「いい匂いだ。たまらないよ」

「そう言っていただけると心春も……あんっ。感じてしまいます」

互いの性器をまさぐりながら、男女はしだいに昂っていく。

心春が言った。

「もう我慢できません。三男さまの逞しいのが欲しい」

もとよりどこか影のある女であった。現代において住み込みの女中などという旧態依然とした立場にあるせいかもしれないが、ひとたび欲情したときそれは淫靡な陰影として男を誑《たぶら》かす魔性の魅力があった。

「俺も心春が欲しい」

「では、いらして……」

心春は言いながらも肉棒を手放さなかったが、三男は体勢を変えるためにいったん愛撫を中断せざるを得なかった。

正常位のかたちになり、二人は見つめ合う。

「挿れるよ」

「ええ。きて」

股を広げ、答える心春の目は蕩けている。

三男は興奮のままに怒張を花弁に押し込んだ。

「ううっ、心春……」

「あっ。三男さま……」

心春の膣は狭く、太竿の侵入を拒むようであった。三男は一瞬怯むものの、切迫する欲望がそれを上回る。

「おうっ、締まる……」

勢いに任せて根元まで一気に突き入れた。

とたんに心春が顎を反らす。

「んああっ、三男さまのが入ってきた」

「ぬう……」

しかし、三男はしばらく動けない。握りが強いのだ。媚肉に食い締められ、ペニスは息苦しいような愉悦を感じていた。

心春も忙《せわ》しい呼吸を繰り返していた。

「んああ……三男さまの大きい」

「心春が狭いんだよ」

「そんなこと……ふうっ、ふうっ。ああ、素敵」

蒼の場合、処女だと嘘をついてはいたが、欲望には正直で、二十歳らしい直情的なセックスを好んだ。一方、心春は五歳年嵩《としかさ》である分、より性の深い悦びを求めているようであった。

その証拠に、三男がいざ抽送を繰り出そうとしたとき彼女は言った。

「待って。もう少しこのままでいさせてくださいませ」

「でも……」

肉棒は食い締められ、欲望に滾《たぎ》っている。心春の意図がわからない。

三男の問いかけに彼女は言った。

「もっと三男さまを感じたいんです。ほら……いらして」

心春が諸手を差し伸べて誘う。三男は応じて体を密着させた。

「三男さまの体、温かいわ」

「うん、しかし……」

「大丈夫ですわ。見ていらして」

彼女は言うと、両手で彼の背中を撫ではじめた。柔らかなタッチで背筋を這い降りていき、尾てい骨の辺りまで愛撫する。

「うはあっ、心春っ……」

ゾクッとするような愉悦が、三男の全身を駆け巡った。

心春はそのまま彼の尻を撫で回していた。

「いかがですか？　こういうのも、たまにはよろしいでしょう」

「う、うん。悪くないかも」

「三男さま」

呼びかけた心春は口を半ば開き、舌を突き出してみせる。いかにも淫らな仕草であるが、決して下品には感じられないのは、日頃からの淑《しと》やかで控えめな言動の賜物であろうか。

だが、三男の興奮は刺激され、たまらずその舌を吸った。

「びじゅるるるっ、ちゅばっ」

「んふうっ、レロッ」

「ふぁう……心春……」

三男は夢中になって舌を貪った。興奮のあまり、彼は無意識のうちにペニスをしゃぶるように吸いたてているのだった。

「じゅるっ、じゅるるっ」

「んああっ、三男さまったら女の子みたい」

「だって心春が……」

すると、心春の手がまた尻の谷間に滑り込む。指先は彼のアヌスを撫でていた。

「うはあっ、マズいよそれ……」

「エッチな顔をなさっていますわ。心春も興奮します」

下半身はジッとしたままだった。なのになぜこんなに気持ちいいのだろう。

三男の息は浅く、忙しなかった。

「ハアッ、ハアッ」

「お尻が感じやすいんですのね」

「こんなふうにされたことがないから……。ああ、いやらしいよ、心春」

「わたくしも、三男さまのお顔を見て興奮いたします」

実際、心春は上気し、うなじから胸元にかけて朱に染めていた。呼吸をするたび、形のよい乳房が浮き沈みするのがわかった。

「ああ、とても気持ちがいいわ」

彼女は言いながら、ジリジリと開いた脚を閉じようとする。膝で三男の脚を挟み込んで押さえつけてくる。

すると、どうだろう。蜜壺がうねうねと蠢《うごめ》きだしたのだ。

三男は驚き身悶える。

「ぬうっ……なんだこれ……」

「ああっ、心春感じてしまいます。イッてしまいそう」

「バカな……うぐっ。俺も……」

「一緒にイキましょう。二人で」

「心春うっ……」

「三男さまっ」

媚肉はまるで独立した生き物のごとく竿肌を舐め、さらに奥へとたぐり寄せていくようだった。

三男は頭がカアッとして何も考えられない。

「ハアッ、ハアッ。もうダメだ、出る……」

「わたくしも……あっ、いけません。もうイキます」

心春は眉間に皺を寄せ、彼を固く抱きしめる。全身の筋肉が緊張し、背中に回した指先を肌に食い込ませた。

「はひいっ、イクッ」

そして突然ビクンと震えると、絶頂したのだ。蜜壺のうねりはほとんど痙攣に近かった。

その衝撃に肉棒も限界を迎えた。

「どはっ……出るっ！」

「あっ」

狭い膣内に白濁が迸《ほとばし》り出た。心春はウットリとした表情を浮かべる。

射精の後の脱力感が三男を覆っていく。

「ハアッ、ハアッ、ハアッ」

信じられない思いだった。挿入後、身動き一つ取らないままに同時絶頂にまで至ったのである。生まれて初めての体験だった。

一方、心春も目を瞑り、絶頂の余韻に浸っていた。

「ああ、素敵でしたわ。こんなに感じたの、久しぶり」

「俺も。こんなの初めてだ」

「三男さまも感じてくださったのですね。あー、うれしい」

「心春……」

二人は唇を重ねた。キスは互いへの敬意が籠っていた。

やがて三男はゆっくりと彼女の上から退く。圧迫感からようやく解放され、肉棒はぬらぬらと濡れ光りながら、解放の喜びを嚙みしめているようだ。

かたや心春の股間からは、こぼれ出た白濁がシーツに染みを広げているのだった。


果てたあとも、二人は裸で抱き合っていた。六畳の和室には明かりがボンヤリと灯《とも》り、裸で横たわる男女を照らしている。

三男は満ち足りた気持ちだった。大河原家へ連れてこられて以来、これほど心穏やかになったのは初めてだ。胸に抱いた心春が愛おしかった。一瞬、彼は妻のことも頭から忘れていたほどであった。

ふと心春が身じろぎし、顔を上げる。

「三男さま……？」

「ん。何だい」

三男は優しく問い返す。心春は言った。

「わたくしとこうなったこと、後悔されてません？」

「まさか。すごくよかったよ……」

三男は言いながら、心春の目を見つめる。しかし、そのつぶらな瞳からは何も読み取ることはできない。彼は続けた。

「心春こそどうなの？」

するとと、心春は恥ずかしそうに笑みを浮かべて言った。

「わたくしの姿、ご覧になったでしょう？　こんなことを言うべきではないかもしれないけれど、三男さまほど相性の合う方は初めてですわ」

「心春……」

彼女のいじらしさに三男の胸は締めつけられ、そっと額にキスをする。

心春という女は、彼にとって何もかもが未知であった。母親の代から一生を大河原家の女中として暮らす運命を背負うというのは、いったいどんな思いだろうか。ごく普通の家庭に育ち、暮らしてきた三男にはまるで別世界だった。

それと同時に、この家での出来事に対しても、これまでとは違った目で見はじめるようになっていた。

義母たちへの恨みがましい気持ちは薄れていた。千鶴に騙され、万里子に連れられて離れに幽閉された当初こそ憤懣《ふんまん》やるかたなかったものの、今では自分にとって必要なことだったのではないかとすら思えてくるのだ。

彼がそう思えた一つの理由に夏菜子との再会があった。青春時代の悔いを精算できたことで、体の中の憑《つ》きものが落ちたように、胸のモヤモヤが消えていた。過去の心残りが現在に悪影響を及ぼすことは往々にしてあるものだ。

そして心春の存在もまた、三男に新たな視点を与えてくれた。それにしても、性の奥義というのはどこまで深いのだろう。激しく求め合うだけが男女の営みではないのである。

だが、夏菜子や心春というのは、いわば余談であった。本来の「婿殿籠り」の主旨としては、万里子や蒼との交わりを指している。直接血の繋《つな》がりがないとは言え、近親姦の問題は何ひとつ解決してはいなかった。

そんなふうに三男が物思いに耽っていると、心春がまた呼びかけてきた。

「三男さま」

「ああ、ごめん。考えごとをしていたから」

「まだお休みになられないで平気ですか」

薄化粧の心春がもの問いたげに見つめている。

三男の心臓がとくんと鳴った。

「うん。まだ眠くはないよ」

「一つお伺いしてもよろしいですか?」

間接照明の光に白い肌が浮かんでいた。すっかり汗も引いたらしい。女らしい体のラインに後光が射しているようにも見える。

「何が聞きたいの」

三男が吐息混じりに答えると、心春は言った。

「千鶴さまや万里子さまのことをどう思われますか？」

「どうって……、普通だよ。義母と叔母だろ」

「そういう意味ではなくて、今回のことについてです」

彼女が慣習のことを言っているのは明らかだった。

三男はしばし考え込んでから口を開く。

「まあ、客観的に見たら、やっぱり普通じゃないだろうね。母親が自分の娘婿を拐《かどわ》かして、あげくに親族同士でその……」

「肉体関係に及ぶ。たしかに普通じゃありませんわ」

「だろう？　ただ、何て言うか、今思うとそれだけでもない気がしているんだ。自分でも不思議なんだけど」

三男は本音を話していた。心春がまったくの他人だからだろうか。彼女の前では素直に自分の気持ちが明かせるのだった。

すると、心春は突然うな垂れた肉棒をつかんできた。

「三男さまはとても誠実な方ですのね」

「うう……心春」

女の手の中でゆっくりと揉みほぐされ、鈍重な肉塊は徐々に膨らみはじめる。

彼女は続けた。

「心春は奥さまが羨ましいです。こんなに真っ直ぐで、誠実な男性を夫に持っていらっしゃるのだから」

「そんなことは……ふうっ。実際、俺は……」

たまらず三男も尻のあわいに手を伸ばし、割れ目に指を這わせた。

「濡れてる」

「ええ。だって、感じていますもの」

「心春……」

「今夜だけ、わたくしだけの三男さまでいていただけますか」

心春の握りが強くなった。肉棒はすでに八分《ぶ》方勃起している。

「ハアッ、ハアッ。ああ、俺もそうしたい」

「うれしい」

彼女は言うと、おもむろに舌を絡めてきた。

「レロッ……ちゅばっ」

「んむうっ……心春……」

沈静化していた部屋の空気がにわかに活気づく。三男は夢中で心春の唾液を啜り、踊る舌を吸っていた。

「俺もう――たまらないよ。挿れてもいいかな？」

尽きせぬ情欲に三男自身驚いていた。それほど心春はいい女であった。

ところが、心春はふいに手淫をやめてしまう。

「その前に、もっといいことをいたしません？」

「え……？」

はしごを外された三男は落胆する。硬直は早くも先走りを漏らしていた。

すると、心春は思い立ったように起き上がり、タンスの引き出しを開ける。中から取り出したのは、赤いロープと黒い布であった。

「なんだい、それは？」

三男は訊ねつつも、得体の知れぬ期待に胸を高鳴らせる。

心春はロープを彼に手渡した。

「これで、わたくしを縛ってくださいませ」

「は……？　縛る？」

「ええ。それとこれも」

彼女は言うと、黒い布に巻かれていた一本の毛筆を差し出した。

不穏な提案にいきり立っていた逸物がやや力を失う。

「もしかしてそれ……心春はそっちが好きだったの？」

三男にSM趣味はなかった。自分がSなのかMなのかすら知らないくらいだ。力づくで女を犯したこともなければ、その逆も未体験であった。

だが、心春はごく普通のことのように言うのだった。

「ちょうどいい柱がありますわ。そこへ後ろ手にくくりつけてください」

「いや、しかし……」

「心春にはわかりますの。三男さまの目」

「俺の……目？」

「ええ。これまで奥さまとこういったご経験は？」

「ないよ。あるわけがない」

胡座《あぐら》をかいた三男は、手にした赤いロープと筆をジッと眺めていた。

すると、心春は返事も待たずに床の間の柱に近づいていく。

「三男さまもこちらへ。きっとお気に召しますわ」

「う、うん……」

三男はしかたなくといったように彼女のもとへ向かう。だが、内心まったく興味がなかったわけではない。これまではそんな機会がなかっただけだ。

心春は言った。

「手首のところを縛ってくださいますか」

「ごくり……」

三男は生唾を飲み、恐る恐る彼女の背後に回る。柱を背に身を投げ出した心春の姿は妖艶であった。

しかし、経験のない彼は何をどうしていいかわからない。ロープは表面が滑らかに加工されてはいるが、彼女に痛い思いをさせたくはなかった。

しばし熟慮したあげく、三男は結局訊ねることにした。

「ごめん。どうしたらいいの？」

「手首を八の字に巻きつけるようにして——そうです。で、余ったロープで真ん中のところを締めつけるようにしてください」

「うん……っと。こんな感じでいいかな」

「もっときつく締めて。ほどけないように」

「でも、あまり強く締めたら痛いだろう？」

「いいんです。ロープが少し食い込むくらいにしてください」

心春の指示で三男は彼女を柱に縛めた。女の細い手首にロープが食い込むさまが痛々しい。

だが、それで終わりではなかった。

「今度はその黒い布で、目隠しをしていただけますか？」

「なんでそこまでして……」

「わたくしを三男さまのオモチャにしていただきたいのです」

三男は言うとおりにした。毒を食らわば皿までだ。心春の業《ごう》の深さに身の内が震えるようだった。二十五歳にして彼女はどんな性遍歴を経てきたのだろう。あるいは、一生を大河原家に仕えるという閉塞された運命が、この美しい娘をして変態じみた行為へと駆り立てるのかもしれない。

気づいたときには、心春は目隠しをして柱に縛りつけられた状態だった。

「三男さま、そこにいらっしゃいますか？」

視界を塞がれた彼女は、キョロキョロと辺りを見回すような仕草を見せる。

そのとき三男はすぐそばに腰を下ろしていた。

「ここにいるよ」

「ああ、そんな近くに……。筆はございますか？」

「うん、持ってる」

「なら、それでわたくしを弄《もてあそ》んでくださいませ。三男さまのお好きなように」

心春は言いながら、早くも興奮しているのか、胸を喘がせていた。

「そうだね。うん」

三男は答えるが、すぐには手が出ない。縛められた心春に見惚れていたのだ。

改めて眺めると、彼女のスタイルのよさが際立っていた。華奢な骨格にたわわな乳房が実り、中心には可愛らしい乳首がぴこんと勃っている。投げ出した脚はなよやかに重なり、太腿を擦り合わせるようにしてやや内股ぎみに閉じていた。

「どうなさいましたの」

問いかける唇はみずみずしく、食欲をそそる。鼻筋は通り、目隠しの布が寝乱れた髪に巻き付けられていた。

「ふうっ、ふうっ」

気づくと、三男は浅い息を吐き、陰茎をいきり立たせていた。この女を好きにしていいのだ。一度は絶頂をともにしたとは言え、これはまたまったく別の趣向であった。

「じゃあ、いくよ」

彼は呼びかけるが、心春はかぶりを振る。

「いちいち仰らなくても結構ですわ。どうぞわたくしを人形か何かと思って、三男さまのしたいようになさってください」

「うん。そうか」

勝手のわからぬ三男は、段階を追って慣れていくしかなかった。

心春は自由の効かない姿勢で重ねて言った。

「ただ一つだけ、筆を使ってもらえますか。それがすごく感じるんです」

「わかった」

もはやこれ以上、話し合う必要はなさそうだった。三男も覚悟を決め——否、欲望の赴《おもむ》くままに任せて事に及ぶしかないのだと覚った。

「ふうっ、ふうっ」

三男は興奮も露《あらわ》に乾いた筆を取り、まずは毛先で乳首に触れてみた。

「あっ……」

すると、とたんに心春は小さく声を漏らす。

感じているのだ。三男は自分に言い聞かせ、さらに乳房の形をなぞるように円を描いてみせる。

「んふうっ、ん……」

「これがいいの？」

「はい……。くすぐったいけど、それがまた……あんっ」

愛らしい声で鳴く心春の姿に下半身が疼いた。三男もしだいに興《きょう》が乗りはじめ、いつしか手の震えも収まっていた。

「心春、綺麗だよ」

彼は呼びかけながら、毛先を乳房の際から脇腹へと撫で下ろす。

とたんに心春は激しく身を捩った。

「ひゃっ……くすぐったいですわ」

「でも、これがいいんだろう？」

「あっ、あっ、ダメッ……ああ、堪忍して」

よほどくすぐったいのだろう。心春の体は筆を逃れようとして右に左に暴れる。あまつさえ尻を浮かせ、脚を捩って立ち上がらんばかりであった。

「ふうっ、ふうっ、ふうっ」

三男は自分でも得体の知れない興奮に駆られていた。相手はこちらが次にどこを責めるか見当もつかないわけだ。不思議な征服感が彼を駆りたてていた。

そうして少し余裕が出てくると、本来ある欲望が首をもたげてくる。股間の逸物は先走り汁を噴きこぼしていた。

「じゃあ、今度はこっちだ」

彼は言いながら、筆で臍の辺りをくすぐった。

心春の体がビクンと跳ねる。

「はううっ……」

いい反応だ。三男はさらに恥毛に筆を潜らせるが、すぐに割れ目を愛撫しようとはしなかった。

「あふうっ、んっ……」

「よく締まった脚だ。まるで彫刻みたい」

「ああっ、そんなことございませんわ」

「いや、本当に」

結果、心春の炯眼《けいがん》は正しかったのである。三男はこの遊戯に夢中になっていた。

三男の筆は太腿を刷き、膝頭をくすぐると、すねを通り過ぎて足裏に行き着く。

「ひゃうっ……ダメッ」

当然、心春は堪えきれず足をバタつかせようとする。

だが、三男は逃れようとする足をしっかりと手で押さえ込み、執拗に敏感な箇所を責めたてた。

「可愛い足……」

彼は捕まえた足指を開かせ、一本一本指の股を刷《は》いていく。

「はひぃっ、三男さまっ……」

「くすぐったいのかい？　それとも感じているの？」

「どっちも……ひゃううっ、両方ですわ」

もがき暴れる心春は美しかった。陸《おか》に上がった魚のごとくピチピチと跳ね、赤い光に照らされた体はキラキラと輝いていた。

「ああ、心春……」

三男はたまらず身を伏せて、足指の付け根に鼻を埋めた。

「すううーっ」

思う存分匂いを嗅ぐ。寝る前に入浴したあとだったから匂いは淡いが、そこはかとなく甘酸っぱい香りが感じられた。

見えない心春も、感覚で彼が何をしているのか覚ったようだ。

「ああ、いけませんわ。そんな汚いとこを……」

「何言ってるんだ。俺の好きにしていい、って言っただろう?」

「ええ、もちろん……。ああっ、でも恥ずかしい」

彼女は羞恥を口にしたものの、もはや逃れようとはしなかった。「好きにして」と自分で言った以上、諦めるしかないのだ。

三男はすっかり興奮していた。自分でも気づかなかった性癖が、今まさに花開こうとしているのだった。

「脚の力を抜いて」

彼は言うと、片方の足を持ち上げて、彼女の膝を曲げる。おのずと割れ目が丸見えになった。

「なんだ。こんなに濡れているじゃないか」

「だって、三男さまが……」

「どれ。こいつで調べてみよう」

三男は言うと、腕を伸ばし、筆先を水気滴る硯《すずり》に浸した。ちょうど磨《す》った墨をかき混ぜるように牝汁に馴染ませ、ぷくっと飛び出た肉芽をくすぐる。

「んああっ、ダメえっ」

とたんに心春は大きな声をあげた。

めざましい反応だ。三男の目は濡れそぼった割れ目に注がれていた。

「こんなにいやらしいオモチャは見たことがないよ」

口走る彼はふと手にした心春の小さな足を認める。すると、自分でも気づかぬうちに、その足先を口に含んだのである。

「びちゅるっ、ちゅばっ」

「はううっ、三男さま……」

「んばっ。心春の足、美味しいよ」

三男は興奮に我を忘れ、夢中で足指を吸っていた。もう一方の手は、筆で媚肉をまさぐっている。責める悦びと被虐的な愉悦が同時に襲ってきた。これではSだかMだかわからない。だが、それがよかった。

かたや心春も悦楽に身悶えていた。

「んあ……いけませんわ。そんな汚らわしいものをお口にされては」

抗《あらが》うようなことを言いながらも、胸をせり出し、身をわななかせて感じているのだった。割れ目は新たなジュースをとめどなく溢れさせていた。

「ああっ、わたくし……どうにかなってしまいそう」

彼女は言うが、どうにかなってしまいそうなのは三男も同じであった。

「もう辛抱たまらないよ……」

ふと三男はおしゃぶりをやめ、毛筆も投げ出して立ち上がる。

肉棒は、もう二回も射精したとは思えないほど勃起していた。

「ハアッ、ハアッ」

「三男さま？　どうなさいましたの」

突然愛撫がやんだので心春はとまどっているようだ。愛らしい唇がもの問いたげに半ば開いている。

三男の目はその唇を見つめていた。

「好きにしていい、って言ったよね？」

「はい。心春は三男さまのオモチャですから」

「わかった」

再度確認する慎重さに、彼の性格が表れていた。いくら興奮の最中にあっても、やはり完全なサディストにはなりきれないのだ。

しかし、劣情は快楽を求めていた。

「ハアッ、ハアッ」

三男は彼女を跨がるように立ち、いきり立った逸物を濡れた唇に押し込んだ。

「ううっ……」

「ぐぽっ……んぐぅ」

いきなり口に突き込まれた心春は喉を鳴らした。目隠しした顔にも、苦しげな表情が浮かんでいる。

「ああ、心春の口マ×コ……」

初めてのイラマチオに三男は陶然となる。思わず両手で彼女の頭を抱え込み、無意識のうちに腰を動かしていた。

「ハアッ、ハアッ。おお……」

「ぐぷっ、んむうっ、じゅるるっ」

一方、心春は心春でこの荒っぽいプレイを愉しんでいるようだった。その証拠にときおりえずきながらも、自ら顔を突き出すようにして彼の抽送を促《うなが》したのだ。

「ハアッ、ハアッ、ハアッ」

「うぷっ……じゅぷっ、ふうっ」

「うあぁ、心春ぅ……」

口中は温かく、肉棒は勇んで先走りを吐き出した。三男の背筋にゾクゾクするような快感が駆け巡っていた。

「うふうっ、じゅじゅっ……」

玩具と化した心春は呻く。遠慮なく突き込まれるので、抑えようもなく口の端からよだれを垂らしていた。目元が隠れているので表情は見えないが、漏れ出る吐息と肉体のわななきから、彼女も悦んでいるだろうことはわかった。

「ああ、ヤバイ……」

あまりの気持ちよさに今にも果てそうだ。三男は射精感が突き上げてくるのを覚える。しかし、口ではイキたくなかった。本能に逆らい、必死の思いで腰を振るのをやめて肉棒を引き抜いた。

「ハアッ、ハアッ、ハアッ」

「あああ……三男さま、男らしくて素敵ですわ」

心春は口の端に唾液を滴らせたまま言った。肩で息をしている。

三男もハァハァ言いながら、再び膝をついて蜜壺に挿入しようとした——が、これはうまくいかなかった。心春が尻を据えているため、高さが合わないのだ。柱に後ろ手を縛られているから、彼女を横たわらせるのも無理だった。

そこで彼は彼女を立たせることにした。

「ゆっくり。気をつけて」

「はい」

三男が支えながら心春を立たせる。ずっと無理な姿勢で座っていたせいで、彼女は少しフラつきかけたが、何とか柱を背に立ち上がることができた。

「脚を広げて」

「これでよろしいでしょうか」

心春は彼に言われたとおりにする。美しい女が、ガニ股の下卑た恰好をしているのが妙にそそられた。

三男はその前に立ち、やや腰を落とすと、怒張を花弁にあてがった。

「いくよ」

どうしても先に断りを入れてしまう。いつもの癖はなかなか抜けないものだ。しかし、今に至ってはどうでもいいことだ。

「ふんっ……」

彼は勢いをつけて腰を突き上げた。媚肉はぬるりと肉棒を受け入れる。

「んあああっ」

心春は喘ぎ、結合を言祝《ことほ》いだ。

抽送が始まる。

「ハアッ、ハアッ、ううう……」

「あっ、んあああっ、イイッ」

ぬちゃくちゃと粘液をかき混ぜる音がした。牝汁はとめどなく噴きこぼれ、心春の内腿にまで垂れていく。

三男は柱ごと彼女の体を抱きしめ、突いては引いた。

「うあぁ、締まる……」

相変わらず心春の膣は狭かった。太竿は思いきり握り込まれたようになり、苦しみと悦びを両方味わった。

心春の顎が持ち上がっていく。

「ああん、ああっ。三男さまの太いのが、奥に当たっています」

「いやらしいオマ×コだ。こんな……んぐっ。締めつけは初めてだよ」

「心春のオマ×コを三男さまの形に変えてくださいませ」

三男の額は脂汗をかいていた。心春はああ言ったが、むしろ肉棒のほうが蜜壺の形にさせられていくようだ。

「ハアッ、ハアッ、ハアッ」

「ああっ、んんっ、あはあっ」

心春の激しい吐息が顔にかかる。三男はたまらず舌を吸った。

「心春ううっ」

「んふぁ……ちゅばっ、レロ」

「べちょろっ、じゅるっ」

その間も腰は動かしていた。愛液のおかげで抽送はできたが、これ以上射精を抑えることは不可能であった。

三男はたまらず舌を解くと声をあげた。

「ダメだ……もう我慢できない」

「はひぃっ、わたくしも。ああぁ、気が遠くなりそう……」

「イクぞ。このまま出すぞ」

「イッて。心春の中に一滴残らず出してくださいませ」

彼女が言ったとたん、蜜壺がさらにきつく締めつけてきた。

どうにもならず三男は射精した。

「どはあっ、出るっ!」

「んあああーっ、イイイーッ」

白濁液が胎内に放たれた瞬間、心春は反り返るような姿勢になった。

「イイッ、イイイーッ……イクううう－っ！」

絶頂を叫ぶ彼女の脚はふんばり、全身を緊張させた。そして二度、三度、びくんびくんと体を震わせると、ホッとしたように弛緩していったのである。

崩れ落ちる心春を三男は支えなければならなかった。ゆっくりと床に座らせていく課程で肉棒は蜜壺から抜け落ちていた。

「ハアッ、ハアッ、ハアッ。大丈夫？」

「はい……ふうっ、ふうっ。あまりよくて、気を失いそうになってしまいました」

「今ロープを外してあげるからね」

三男は言うと、手首の縛《いまし》めを解き、目隠しを外してやった。心春の背中は柱に擦りつけられて赤くなっていた。

「痛くなかった？」

「ええ。ちっとも。三男さまはお優しいんですのね」

心春は目をしばたたかせながら、自分の手首をさすっていた。太腿のあわいには、泡だった白濁がどろりと噴きこぼれているのだった。

こうして事を終え、あとは寝るばかりとなった。三男が自分の布団に戻ろうとすると、ふと心春が言った。

「実はわたくし、来年の春に結婚することになっているんです」

「は？　……ええっ!?」

衝撃の告白に三男は度肝を抜かれる。先ほど恋人などいないと言っていたのは嘘だったらしい。

「何言ってるんだ。じゃあ……」

「すみません。でも、お気になさらないで。わたくしのほうからお誘いしたんですから」

「しかし……」

相手は地元の青年だという。結婚しても彼女は通いで女中の仕事を続けるつもりのようだった。

目前に結婚を控えつつも、今夜の仕儀に至った理由を心春はこう語った。

「夫となる人は真面目な方ですし、とても今日のようなことはできませんもの。ですから嫁ぐ前に素敵な思い出を作っておきたかったのです。三男さまには申し訳ないのですが、わたくしにとってはちょうどいい機会だったのですわ」

「そうか……。それは、おめでとう」

三男は狐につままれたようであったが、ともあれお祝いを口にした。なんとも奇妙な気分であった。

しかし、心春に悪びれる様子は一切見られない。もうそのことは済んだというように、脱ぎ捨てられた浴衣を畳んでいた。

「お休みになられる前にシャワーをお浴びになりますか?」

「いや、いい。今日はこのまま寝るよ」

三連続で果てて疲れたのもあるが、それ以上に気力が萎えていた。思うに大河原家だけでなく、この町には性が氾濫《はんらん》しているようだ。

だが、さらに心春は驚くべきことを告げたのだ。なんと明朝、妻の優奈がやってくるというのだった。

第五章　義母の淫らな体

早朝、三男は体を揺さぶられて目を覚ました。

「――三男さん、起きてちょうだい」

起こしに来たのは千鶴であった。

三男は寝ぼけ眼《まなこ》をこすりながら時計を見やる。まだ午前五時だ。

「どうしたんですか。こんなに早く」

昨晩、彼はほとんど寝つけなかった。心春との濃く、激しいセックスで興奮状態だったのもあるが、何より翌朝には妻がやってくるという知らせを聞いて、あれこれと考えごとをしていたからだ。

布団の上で朦朧《もうろう》とする婿をよそに、千鶴は離れに朝の空気を取り入れようと窓を開けはじめる。

「この部屋、ムッとするわね。少し改装したほうがいいかしら」

義母はカジュアルな恰好をしていた。上は蛍光イエローのポロシャツを着ており、下はチェック柄のミニスカートといった服装だ。ことにスカートの丈は短く、熟女のむっちりした太腿までが露《あらわ》にされている。

その派手な色使いとまばゆさに、ようやく三男の目も覚める。そう言えば、隣室で寝ているはずの心春はどうしただろう。

だが、そんな思いは千鶴の言葉でかき消された。

「さ、早く起きて顔を洗ってきてちょうだい。ゴルフに行くわよ」

「ゴルフ……ですか？」

いきなり言われて三男はまごつく。ゴルフなど会社員時代に上司に誘われて何度か行ったくらいしかない。

そもそも今朝はそれどころではないはずだった。

「待ってください。お義母さん、今日は優奈が来るって話じゃ……」

三男が抗議しかけると、外廊下から別の人物が現れた。

「おはよう。三男くん、久しぶりだな」

顔を出したのは、千鶴の夫・文彦であった。

義父の登場に三男の混乱はさらに深まる。

「おはようございます。いったいどうしたんです、二人揃って」

「なんだ。千鶴から聞いてないのか」

「今言ったところ。三男さんの服とクラブセットもちゃんと用意してるのよ」

あとのほうは三男に向かって言われた。

「はあ……。別にかまいませんけど、どういうことか教えてください」

彼が義父母に向かって訊《たず》ねると、文彦が答えた。

「私の仕事関係の人でね、前々から一緒にラウンドすることは決まっていたんだ。ところが、先方の奥さんが急に来られなくなってしまってね」

「そこへちょうど三男さんがいたってわけ」

千鶴があとを引き取って言った。

最初は起き抜けに言われて驚いたものの、結局三男は義父の顔を立てて同行することにした。妻のことは気にかかるが、それも千鶴に「あの子がこっちに着くのはお昼頃よ」と耳打ちされ、なんとか折り合いをつけることにしたのだった。

ゴルフ場は山間《やまあい》を切り拓いて造成された場所にあった。文彦の話によると、なかなかの名門クラブらしい。たしかにクラブハウスも立派で、従業員たちの立ち居振る舞いも教育が行き届いていた。

一行は、ロビーで一緒にラウンドする水谷という初老の男性と顔を合わせた。

文彦が口火を切る。

「家内とはもう見知りでしたね」

「以前は大変お世話になりました。奥さまのお加減はよろしいんですの？」

「あー、たしか弊社の記念式典で。いやなに、たいしたことはないんですよ。ちょいと腰をやってしまいましてね。あれも、もう年ですから」

六十年配の水谷《みずたに》は、さる商社の役員ということであった。文彦の会社が作る製品を納入し、主に海外へ売り込んでもらっているらしい。

続いて文彦は義理の息子を紹介した。

「それと水谷さん、こっちはうちの娘婿。ちょうど帰省していたんで、引っ張ってきたんですよ」

「斉藤三男と申します。本日はよろしくお願いいたします」

三男が丁寧に挨拶すると、水谷は感心したように頷《うなず》いた。

「いや、こちらこそ。しかし、立派な息子さんをお持ちですな」

「ただし、ゴルフのほうはまるで初心者で。今日はご迷惑をかけると思いますが、ご容赦願いますよ」

文彦が代わりに答え、三男も頭を下げた。関係性から向こうの立場が上であることは明らかであった。

それから四人はコースを回りはじめた。天気はよく、青々とした芝生が気持ちよかった。水谷と文彦はシングルの腕前で、千鶴はそれより少し落ちるが、なかなかのショットを見せた。

一方、初心者の三男は打つたびボールが左右に逸れてしまう。ゴルフのルールではホールから一番遠い者から打つことになっており、迷惑をかけないよう彼はしょっちゅう駆け足でボールを追うはめになった。

「まあ、そんなに急がんでも大丈夫ですよ。今日は空いているようだし」

水谷は鷹揚《おうよう》な性格らしく、そう言って初心者を慰めてくれた。おかげで三男も気詰まりすることなく、一緒にラウンドすることができた。

だが、事件は九ホールを終えたところで起きた。ハーフを終えた一行はいったんクラブハウスへ戻り、食事がてら休憩をとることになった。

四人は広々としたクラブハウスの食堂でテーブルを囲み、しばしゴルフ場の食事を堪能した。その席で三男は水谷から仕事のことなどをあれこれと質問されたが、そつなく答え、和やかな中食となった。

しかし食事を終えると、文彦と水谷は取引の話を始め、千鶴と三男は蚊帳《かや》の外に置かれてしまう。

すると、千鶴は三男に耳打ちした。

「ちょっとお散歩にでも行きましょうか」

商談は熱を帯びており、彼らが席を外しても失礼にはならなそうだ。三男もうなずき、二人はテーブルを離れて再びクラブハウスの外に出た。

外に出ると、千鶴はカートで散策しようと言い出した。

「森の中がとっても素敵なのよ。わたしが運転するわ」

「そうですか。じゃあ、お願いします」

話は決まり、二人はカートに乗り込んだ。

「じゃあ、行くわよ。しゅっぱーつ！」

千鶴はおどけて宣言すると、電動カートを発進させた。後ろにゴルフバッグを乗せていないので、走りは滑らかだ。カートは音もなくコース脇の整地された道を進んでいく。頬を撫でる風が気持ちよかった。

しばらくすると、千鶴はカートを道から外れた方角へと向けた。ゴルフ場のルールとしては褒められたことではないが、義母にはそんな奔放なところもあったので、三男もあまり深くは考えなかった。

カートは木々の間を縫って走っていく。コースはもうほとんど見えない。鬱蒼《うっそう》と茂った森は、鳥たちの呼び交う声で賑やかだった。

すると、まもなく開けた場所に辿《たど》り着いた。木々に囲まれ、草の萌える森の広場といった感じのところである。

千鶴はそこでカートを停めた。

「どう？　素敵でしょう」

「ええ。まるでおとぎ話に出てくる場所みたいですね」

ここしばらくの間、離れに幽閉されていた三男にとって、胸がすくような光景だった。彼は思いきり深呼吸し、山の新鮮な空気を味わった。

「こっちへいらっしゃいな」

カートを降りた千鶴が草地へ誘う。三男は何の疑問も抱かず後に続いた。

「ここの場所、わたしが見つけたのよ」

「お義父さんと来たんですか」

「いいえ。あの人には内緒。わたしだけの場所だもの」

千鶴は若い娘のようなことを言うと、両手を挙げて伸びをする。

「うーん、気持ちいい」

そうして身体を反らしたせいで、バストを強調するようなかたちになる。一瞬目を奪われかけた三男は慌てて目を逸らした。

(いかんいかん。連日セックスばかりしていたから、おかしくなっているのかもな)

相手は義母である。欲情するのは異常なことだ。叔母や従妹と交わったあとで今さらな気もするが、やはり妻の母親では関係性が近すぎるというものだ。

三男は義母から視線を外し、その辺をぶらつきはじめる。踏みしめる草地は柔らかく、陽光の降り注ぐ光景が目に心地いい。

やはり来てよかった。彼は心密かに思う。昨夜、心春とあれほど激しいセックスを交わしたあとで、そのまま妻と再会していたら、きっと気まずいことになっただろう。ちょうどいい気分転換だった。あるいは、義母もその辺りを考えて、彼をゴルフに誘ってくれたのかもしれない。

「ボンヤリ何を考えているの」

ふと千鶴の声がする。彼のすぐ背後からだった。

「あ、いえ……」

三男は答えようとするが、そのとき千鶴が背中を抱きすくめてきた。

「二人きりね」

「お義母さん……」

突然のことに、三男は金縛りに遭ったように動けない。化粧品の甘い香りがした。

やがて抱きすくめた手は、彼の股間をまさぐってくる。

「ちょっといいことしましょうか」

「お義母さん、何を……」

「いいから」

とまどう三男をよそに、千鶴はズボンのチャックを下ろし、パンツの中に手を突っ込んできた。

「ほら、こうされると気持ちいいでしょう?」

義母の手が陰茎を揉みしだいている。

三男は呻《うめ》いた。

「ううっ……。やめてください、こんなこと……」

彼がその気なら、手を振りほどくこともできたはずだ。だが、しんねりと肉棒を揉みしだく手は気持ちよく、抗議の声は弱々しく響いた。

すると、千鶴は彼の正面に回り込み、膝をついた姿勢でズボンを下着ごと脱がせてしまう。

まろび出た肉棒は、今まさに硬度を増しつつあるところだった。

「三男さんのこれ、意外と大きいのね」

「マズいですって。こんなところを誰かに見られたら……」

「それなら平気よ。誰も来ないわ」

千鶴はウットリとした表情で太竿を見つめている。

いつかはこうなることは、三男も心のどこかで覚悟していた。「婿殿籠り」の風習では、大河原家の女たちと交わることになっている。最初に叔母の万里子、次に蒼とくれば、残るは義母しかいないからだ。

千鶴は、今や張り詰めている肉傘に鼻先を近づけて匂いを嗅いだ。

「男臭くていい匂い。万里子もご機嫌になるはずね」

彼女は言うと、上目遣いに彼を見上げながら、長く舌を伸ばし、裏筋を根元からペロリと舐め上げる。

戦慄が三男の背筋を駆け巡った。

「はうっ、いけません、お義母さん……」

「三男さんは何も考えなくていいの。最初からこうなることは決まっていたのだから」

やはりそうなのだ。三男の予想したとおりであった。しかし、だからといって、妻の母親と淫らな行為に及んでいいということにはならない。

だが、義母は一人の女として見たとき、十分魅力的であった。気づくと彼女はポロシャツのボタンを全部外しており、襟元を寛《くつろ》げて、彼に見せつけるように豊かな胸の谷間を晒していた。

「悪い母親ね……」

千鶴にも罪の意識はあるのだろうか。そんなことを言いながらも、彼女は口を大きく開けて逸物にしゃぶりついた。

「食べちゃうから……」

「うはあっ……」

思わず三男は天を仰ぐ。快感が尾てい骨の辺りから脳天へと突き抜けた。

真っ赤なルージュを引いた唇が、みっちりと太茎を咥え込んでいた。

「んふうっ。くちゅ……んん」

千鶴は口の中で亀頭を舌に乗せて転がした。

三男の息は上がっていく。

「ハアッ、ハアッ」

「こんなに硬いオチ×チンは久しぶりだわ」

「ああ、お義母さん……」

「どうしましょう。わたし、本気になってしまいそう」

千鶴は口走りつつ、首を前後に振りたてた。

「じゅるっ、じゅぽっ、じゅるるっ」

「……っく。ふうっ、ふうっ」

熟女の舌遣いは老練で、めくるめく快感が三男の理性を薄れさせていく。彼はそこから逃れられず、仁王立ちで口舌奉仕を受けるに任せていた。

「じゅぽっ、じゅぷっ」

「うっく……」

「三男さん、とっても気持ちよさそう」

「そ、それは……しかし……」

快楽からは逃れられず、だが葛藤が消えたわけではない。同じ親類でも、叔母である万里子とは訳が違うのだ。

しかし、千鶴のフェラチオは容赦なく愉悦を煽ってくる。

「んふうっ、おいひ――」

「ま、待ってください。そんなにされたら……で、出ちゃいますから」

葛藤の大きさと裏腹に欲望は高まっていく。今にも昇り詰めそうだった。

「ダメよ。まだイッちゃ」

すると、千鶴は徐々にストロークを緩め、ついにはしゃぶるのをやめたのだ。

ようやく三男もひと息ついた。

「ハアッ、ハアッ、ハアッ」

さすがの義母もマズいと判断したのだろうか。彼はホッとする一方、快楽がやんだことを残念に思うところもあった。

だが、それは早計というものだった。千鶴はフェラを中断したかと思ったら、自らポロシャツを脱ぎはじめたのだ。

「ちょっ……お義母さん」

三男は咎《とが》めるような声をあげる。自分は唾液塗《まみ》れの肉棒を晒しておきながら、義母をたしなめるというのもおかしな話である。

しかし、千鶴は脱ぐ手を止めなかった。最初にポロシャツを脱ぎ、次にスカートを下ろすと、ブラとパンティーだけの恰好で草地に横たわる。

「あとは三男さんが脱がせてちょうだい」

そう言って、娘婿を誘うのだ。

「ごくり……」

我知らず、三男は生唾を飲んでいた。

千鶴は淫靡な肉体をしていた。二の腕はむっちりとして白く、二つ並んだ膨らみがブラからこぼれ落ちそうだった。パンティーは土手の形を露にし、脂の乗った腰つきが若い三男の下半身を疼かせる。

「お義母さん、俺……」

「いいのよ。いらっしゃい」

慈《いつく》しむような目が彼を見つめていた。三男は自分を疑いはじめる。これまでも果たして自分は義母のことを女として見たことが一度もなかったと言えるだろうか。

その答えは、彼自身の硬くそそり立つ肉棒が示していた。

「ああ……」

三男は興奮と怯懦《きょうだ》に打ち震えながら、草地に膝をつく。

すると、千鶴はいったん起き上がり、彼の服に手をかけた。

「もう、しかたないわね。わたしが脱がせてあげる」

娘を育て上げた手が、その夫の上着をやさしく取り去る。これで三男は全裸になった。あとは千鶴が下着を脱ぐばかりである。

「ほら、今度は三男さんが脱がせて」

「は、はい……」

三男は魅入られたようにブラジャーに手を伸ばす。ホックを外すとき、触れた背中が温かかった。まもなくカップはこぼれ落ち、乳房が白日の下に晒された。

「あー、スッキリした。解放された気分」

千鶴は悪びれる様子もなく、清々したというように両手を広げる。

白い乳房が陽光を浴びて輝いていた。

「ああ……綺麗だ」

三男は熟しきった果実に目を奪われていた。かつて優奈が吸ったであろう乳首はやや大ぶりだが、乳輪はほどよく乳房を彩《いろど》っている。

「吸って」

慈母の誘惑には逆らえなかった。三男は引き寄せられるように乳房に顔を埋《うず》め、少し汗ばんだ千鶴の匂いを嗅いだ。

「ああ、おかしくなってしまいそうだ」

彼は言いながらも、本能に駆りたてられ、両手で膨らみを摑《つか》み取る。

揉みほぐされた千鶴は甘い声をあげた。

「あんっ、三男さんったら」

「ふうっ、ふうっ」

それでも遠慮がちな手つきに変わりなく、千鶴は励まそうというのか、彼の手の上に自分の手を重ね、もっと激しく揉むよう促《うなが》してきた。

「ん。ねえ、いいのよ」

「ふうっ、ふうっ。お義母さん……」

「ほら、見て。こんなに乳首が勃っているのよ」

「ハアッ、ハアッ。はむ……」

義母の温もりに包まれながら、三男は顔を振り向けて乳首を口に含んだ。

「みちゅ……ちゅうぅ、レロッ」

頭が真っ白になり、彼は夢中で乳首を吸っては舌で転がした。

「あんっ、そう……。それでいいのよ」

「ちゅぱっ、るろっ」

「三男さん、可愛いわ。赤ちゃんみたい」

千鶴は猫なで声で言いながら、慈しむように娘婿の頭を撫でた。

三男の欲望は滾《たぎ》っていく。ここまできたら、もう後には引けない。彼の手は義母のパンティーの中へと伸びていった。

「あんっ、三男さんったら」

「むふうっ、ふうっ」

媚肉はしとどに濡れていた。ぬるりとした触感が指から伝わってくる。しだいに千鶴の呼吸も激しさを増してくる。

「ああん、いいわ。ねえ、早くこんなの脱がせてちょうだい」

「ぷはっ……。は、はい」

三男は逸る気持ちを抑えつつ、義母の下着に手をかける。

千鶴の淫靡な目が、彼の行為を眺めていた。

「時間がないのよ。三男さん」

そうなのだ。ゴルフはまだラウンドの途中であった。あまり長時間帰らないようだと、文彦たちは不審に思いはじめるだろう。

「は、はい。お義母さん」

わななく指で彼は熟母のパンティを脱がせた。

「もう、ビチョビチョになっちゃったじゃない」

「え、ええ……」

手の中で丸まった下着は湿っていた。だが、三男の目はそれよりもパックリと口を開けた割れ目へと注がれている。

千鶴はそれを意識して、自ら両手で媚肉を寛げてみせた。

「ほらぁ、見て。こんなになっているのよ」

「ごくっ……。ああ、お義母さんそんなこと……」

「早くいらっしゃい。そのおっきいのを挿れてほしいの」

捩《よじ》れた花弁がヌラヌラと濡れ光り、欲望のよだれを滴らせていた。

「ああ、お義母さんっ」

三男はたまらず義母の体にのしかかる。

千鶴は諸手《もろて》を差し伸べて迎え入れた。

怒張は花弁を分け入り、ぬるりと蜜壺深くへと差し込まれた。

「きて……」

「あふうっ」

「おおっ……」

太竿が粘膜に包み込まれ、三男の背筋を愉悦が走る。

気づくと肉棒は根元まで媚肉に埋もれていた。

「ううっ……ふうっ、ふうっ」

なんと柔らかいのだろう。三男は挿入したまま動けなかった。とりわけ蒼の狭い蜜壺を味わったあとだからだろうか、熟女の優しく包み込むような感触は、どこか郷愁を感じさせる悦びに満ちていた。

しかし、いつまでもそうしてはいられなかった。

「どうしたの？　もう時間がないのよ」

千鶴に催促され、三男は我に返る。

「え、ええ。じゃあ……」

覚悟を決めて腰を引き、また突き入れる。

「うはあっ」

「あんっ、そうよ」

肉棒に鋭い快感に走った。千鶴も顎を持ち上げて声をあげる。

両手を突いた三男は、ようやく抽送を繰り出した。

「ハアッ、ハアッ。おお……」

「んふうっ……あんっ、いいわ」

「ああ、こんなこと……」

三男は懊悩した。ついに義母と繋《つな》がってしまったのだ。これまでに増して罪悪感が彼の胸を刺すが、反面、肉体の悦楽もまた凄まじいものがあった。

かやた千鶴は純粋に女の悦びに浸っているようだった。

「ああん、突いて。もっと激しく」

「ハアッ、ハアッ、ハアッ」

「んふうっ、そこっ……。そうよ、奥に当たってるわ」

草地は柔らかく、まるで天然のベッドであった。明るい日差しの下、一糸まとわぬ姿で絡み合う男女を隠す物とてないが、周囲に広がる森の木々が世間との隔たりを守ってくれていた。

三男は無心に腰を動かした。

「ハアッ、ハアッ。ううっ……」

今頃、妻は大河原家に到着しているかもしれない。同じとき、まさか夫が自分の母親とまぐわっているなどとは思いも寄らないだろう。

千鶴にも、同じ葛藤《かっとう》があってしかるべきだった。しかし、快楽に浸るその顔は、純粋な悦びに輝いていた。

「んああーっ、イイッ……」

重力でたわんだ乳房がぷるぷると揺れている。

たまらず三男はその一方にむしゃぶりついた。

「はむっ——ちゅばっ、んばっ」

「はううっ、三男さん……。噛んで」

千鶴の要求に彼は応え、乳首に歯を立てる。

とたんに義母はいなないた。

「はひいっ、それっ……感じちゃう」

「これが、いいんですか——」

「そうよ。もっと強く——イイイーッ」

千鶴が悦びに喘いだ瞬間、蜜壺がきゅうっと締めつけてくる。

たまらず三男は呻いた。

「ぐふうっ。お義母さん、俺もう……」

切迫した欲求が肉棒を責め苛《さいな》む。射精したい。

すると、千鶴が突然彼の顔を引き寄せてきた。

「チューして。わたしも……んああっ」

「お義母さんっ」

唇が重なり、ねっとりと舌が絡み合う。

「レロ……ちゅばっ、はむ……」

「んふうっ。レロちゅばっ、みちゅ……」

欲望に任せた乱暴なキスだった。互いの舌を貪《むさぼ》り合い、音を立てて唾液を啜り合った。

「むふうっ、ふうっ。ちゅばっ」

三男はそうして義母の舌を貪りながらも、抽送を続けていた。

「んふぁ、イク……ちゅぼっ。イッちゃう」

千鶴の喘ぎも上擦っていく。

「んああ、お義母さん……」

「きて。三男さんの濃いのを全部出して」

義母の許しが出たとたん、三男は辛抱しきれず白濁を解き放った。

「むふうっ……出るっ」

射精するのとほぼ同時に、千鶴も舌を解いてアクメに達した。

「ぷはあっ――んあああーっ、イクうううっ！」

そしてさらに息を漏らし、体をビクンと震わせて絶頂を味わう。

「あっひ……イイッ」

冷たい悦びが三男の全身をくまなく覆っていった。

「ハアッ、ハアッ、ハアッ、ハアッ」

千鶴も余韻に浸りながら、ほうっと満足そうに息を吐く。それでもまだ下腹部はヒクヒクと痙攣しつづけているのだった。

「あああ……よかった」

やがて呼吸が整うと、三男は義母の上から退《ど》いた。

「ううっ……」

「んっ……」

結合が解けたとたん、割れ目から白濁液が溢れ出る。少し色のなずんだ花弁はぽっかりと口を開けたまま、息づくように蠢《うごめ》いていた。

やがて千鶴は大儀そうに起き上がり、脱ぎ散らかした服を集めだした。

「さあ、戻りましょうか。あの人たち、今頃わたしたちのことを探しているわ」

「ええ。そうですね」

三男はどっと疲れが出たように感じていた。ヤッてしまった。このあと、義父や妻にどんな顔をして会えばいいかわからなかった。


しかし、三男の杞憂《きゆう》をよそに残りの九ホールも無事済んだ。

ラウンドを終え、三人はまた義父の車で家路につく。

「水谷さんが褒めていたよ。気配りのできる立派な息子さんだってね」

道中、文彦がうれしそうに言った。上機嫌なのは、商談がうまくいったからだろう。

だが、三男の気分は沈みがちだった。

「そうですか……」

何しろ義父のすぐそばでその妻とヤったのだ。彼は後部座席におり、運転席の文彦と顔を合わせずに済んだのがせめてもの救いであった。

一方、千鶴は何食わぬ顔で夫に語りかける。

「結果オーライね。水谷さんの奥さまには悪いけれど、今日は三男さんを連れてきて大正解だったってわけね」

「まったくだ。何が幸いするかわからんものだな」

そう言って、文彦は笑い声をたてるのだった。

やがて車は大河原家へ到着する。針のむしろのような空間から逃れられた三男はホッとしていた。

だが、本当の地獄はこれからであった。

予定どおり、昼過ぎには優奈が着いていた。この日ばかりは三男も母屋《おもや》へ上がる許可を得て、一家揃っての夕食となった。

一同が膳を囲み、上座には毅一郎が席を占めている。その片翼には文彦と千鶴の夫妻、それと万里子がおり、もう一方には祖母と三男・優奈の三人が並んだ。万里子の夫は仕事の都合で出席できなかった。

乾杯の音頭は祖父ではなく、文彦がとった。

「では、僭越《せんえつ》ながら私からご挨拶を。こうして大河原家の一族が揃いまして――」

「あら、繁夫さんがいないじゃないの」

千鶴が指摘すると、万里子も言い添えた。

「それと正隆《兄さん》も、でしょ？」

「あ、ああ……だな。まあ、忙しいのも結構。ともあれお義父さん、お義母さんがお元気なことを祝しまして、乾杯」

大河原家の姉妹に混ぜ返され、調子が狂ったのか、文彦は適当にはしょってグラスを掲げた。

これに一同の間で笑いが起こる。

「かんぱーい」

三男はグラスを掲げながら、横目で妻を見やる。優奈も楽しそうに笑っていた。彼女はまだ風習の内容を知らされていないのだ。

食卓には豪勢な料理が並んでいた。千鶴と万里子、そして優奈が腕をふるったものである。

「この筑前煮《ちくぜんに》、いけるわね」

「でしょう？　ちょっとしたコツがあるのよ」

「本当に美味しい。万里子叔母さん、あたしにもそのコツを教えてよ」

「ところで、お義兄さんはいかがなんですか？　連絡くらいはあるんでしょう」

「そうねえ。滅多にないけれども……。でも、代わりに蒼ちゃんがちょくちょく顔を出してくれるから」

「ああ。あの子もずいぶんと大人になってきましたね」

食卓には賑やかな会話が飛び交っていた。温かな一族団らんの図である。そのなかにあって、毅一郎と三男だけが口数少なく黙々と食べていた。

優奈がふと箸の進まない夫に気づいて言う。

「どうしたの。美味しいわよ、これ」

「ん？……ああ。食べているよ」

「あなた何だか元気がないみたい。具合でも悪いの？」

「いや――、何でもない。慣れないゴルフでちょっと疲れているだけさ」

三男は妻にどう接していいかわからなかった。千鶴はいったいどう言って娘を説得したのだろうか。だが、いずれはすべてが明かされるときが来るのだ。それを思うと、ご馳走も喉を通らなかった。

そうして一族が夕食に舌鼓《したつづみ》を打つなか、心春は忙しそうに立ち働いていた。

会話に入れない三男は、何の気なしに女中を見やる。すると、心春もさりげなく彼に目配せしているように思われた。まるで彼女は、「お気持ちはよくわかります」と言っているようだった。

（俺は、あの体を抱いたのだ……）

三男はふと思い、体の芯がカアッと熱くなる。それを言ったら、この場にいる女たち全員と彼は肉体を交えたのだ。もちろん、祖母は別としてである。

結局、最後まで三男は食事を楽しむことはできなかった。昨日まで、あれほど妻の到着を心待ちにしていたというのに、いざ目の前にしてみると、どんな顔をしていいのかわからない。本当に元の生活に戻れるだろうか。彼の苦悩は続く。

夜になり、一族はそれぞれの部屋に引き取った。三男と優奈の布団は、離れの部屋に用意されていた。隣の小部屋にいた心春はもういない。

夫婦で布団を並べて寝るのは久しぶりだった。大河原家に来て以来、三男は心の安まる暇がなかったが、ようやく息がつける気がしていた。

それでも、やはり妻と正面切って顔を合わせるのは心苦しい。彼は早々に布団へ潜り、明かりを消して眠りに就こうとした。

「もう寝ちゃった？」

暗がりのなかで、ふと優奈が話しかけてくる。

三男は曖昧に唸り声をたてて答えた。彼女は続ける。

「お母さんに聞いたの。あなた、ずっとこの部屋に閉じ込められていたんですってね」

そのとおりだった。しかし問題は、この部屋で何が行われていたかということだ。

優奈の声に他意は感じられなかった。

「今どき古くさいわよね。『婿殿籠り』だなんて。スマホも没収されちゃったんでしょう？」

「まあね」

ずっと黙っているわけにもいかず、三男は短く答える。

「でも、それはそれでよかったんじゃない。デジタルデトックスっていうの？　たまにはこんな田舎でスマホもなく過ごすのも、健康にはいいのかもしれないわ」

「うん」

元来、優奈はお喋り好きな女であった。母親譲りなのだろう。どちらかというと寡黙な質《たち》の三男にとって、妻のそうした性格は好ましいものだったが、このときばかりは煩《わずら》わしく感じられた。さっさと寝てしまい、余計なあれこれから逃れたかったのである。

夫が返事をしないので、優奈も諦めたらしい。まもなく離れの部屋は静寂に包まれた。

三男は目を閉じて眠ろうとした。だが、眠ろうとすればするほど、妻への罪悪感と将来への不安で寝つかれないのだった。

「……さん。三男さん」

気づかないうちにいつしか寝入っていたらしい。三男は体を揺さぶられ、耳元で囁《ささや》く声にふと目を覚ました。

「あ。お義母さ……」

開きかけた口を千鶴の手が塞ぐ。

「シーッ。あの子が起きちゃうじゃない」

三男が反射的に隣を見やると、優奈は寝息をたてていた。

いったい何事だろう。口を塞がれたまま、今度は千鶴を見る。義母はネグリジェ姿であった。

「こっちにいらっしゃい。声を出さないで」

千鶴は言うと、ゆっくりと立ち上がり、小部屋の襖《ふすま》を開ける。

すると、そこにはいつの間にか布団がひと組敷かれてあった。

(え？　嘘だろ……⁉)

三男の目は一気に冴えてくる。心臓の鼓動がドクドク鳴っていた。

徐々に暗闇に目が慣れてくると、千鶴の艶やかな姿が判明してくる。ネグリジェはシースルーで透けていた。驚いたのは、その下にブラジャーやパンティを身に着けていなかったことだ。

「早く。こっちよ」

声を出さず口の形で言いながら、義母が手招きしている。

三男は魅入られたように布団から出ると、這うようにして隣室へ向かった。

千鶴は片肘をついた姿勢で横たわっている。ネグリジェ越しに見える乳房は重みで脇のほうへ垂れていたが、それはまるで完熟した果実が食べられるのを待ち構えているようであった。

「ごくり……」

俺は何をしているのだろう。三男の理性は訴えるが、下半身は裏腹に熱く滾っていた。森の中で交わった昼間の記憶が蘇《よみがえ》る。千鶴の包み込むような蜜壺の感触は、今も体が覚えている。

しかし、このとき彼はまだ義母を抱くつもりはなかった。すぐそばに妻が寝息を立てているのだから当然である。むしろ事の異常さを訴え、これまでのすべてにケリをつけようとすら思っていた。

「お義母さん、お話があります」

侍《はべ》る義母のそばまで来ると、三男は囁き声で言った。妻に気づかれないよう小声で話すには、触れ合うほどの距離にまで近づく必要があった。

だが、真剣な娘婿の顔を見てもなお、千鶴は笑みを浮かべていた。

「どうしたの。言ってごらんなさい」

「ええ……。つまり、その——こんなのは、やっぱりおかしいと思うんです」

最前から股間はズキズキと血を滾らせている。しかし、三男に力を与えていたのは優奈の存在であった。ここで主張しておかなければ、この先一生大河原家の女たちの言うなりになってしまう。

すると、意外なことに千鶴も居住まいを正し、身を起こして布団の上に座って言うのだった。

「わかったわ。なぜこんなことをするのか、知りたいんでしょう?」

「え……? まあ、ええ」

「事の起こりは、わたしの曾祖父の時代に遡る話なの……」

千鶴の曾祖父、すなわち毅一郎の祖父の代に風習の起源があるというのだった。ときは大正時代、大河原家は現在よりも広大な耕作地を有していた。往時の当主は豪農というだけでなく、地域の顔役として権勢をふるっていたという。

しかしある年、村を大干ばつが襲った。人々は飢饉《ききん》に陥り、大河原家もまた例外ではなかった。顔役の当主は上京し政府に掛け合ったが、当時の国にも寒村を救う余裕はなかった。

腹が減れば、人心も荒《すさ》んでいく。大河原家は土地を二束三文で売り飛ばすところまで追い詰められたという。

だが、希望もあった。問題は、分家の存在である。それら親族は干ばつに遭っていない農地を持っていたのだ。問題は、長年本家との関係がよくなかったことだ。

「そこでお祖父さんのお祖父さんは考えたのね。分家には、お嫁さんの来手がない次男坊がいたのよ……」

当時は、長男が家督のすべてを継ぐのが普通だった。農家の次男三男は「厄介者」とされ、一生日陰の身であったのだ。

反対に、本家には女が有り余っていた。当主は画策し、分家の次男坊を半ば攫《さら》うようにして幽閉し、連日酒池肉林で遇することで、居着かせてしまったのだ。

千鶴は言った。

「分家も厄介者が片付いた上、本家に婿入りできたことで喜んだみたいなの。おかげで飢饉も無事乗り越えられて、今に至るというわけなのよ」

それ以来、一族の結束を象徴するものとして、「婿殿籠り」の慣習が受け継がれるようになったというのだった。

話を聞き終えた三男は、しばらく呆然としていた。なるほどありそうな話ではある。普通のサラリーマン家庭に育った彼には想像もつかない世界だが、風習にはちゃんといわれがあったのだ。

「——まあ、今では夫の浮気防止っていう意味もあるけれど」

千鶴は言いながら、娘婿の手を取った。

「ほら、触って。もうこんなになっているのよ」

彼女はネグリジェの裾をめくり、三男の手を割れ目に導く。

そこはすでに洪水だった。

「ですが、お義母さん……」

「いいから。三男さん、あなたは優奈を娶《めと》ったときから、こうなる運命だったのよ」

三男の手は濡れそぼる花弁を捕らえていた。指で弄《いじ》ると、割れ目はくちゅくちゅと湿った音を立てた。

「ふうっ、ふうっ」

いつしか息が上がっている。義母の媚肉は牡の本能を煽りたてた。

「んっ……」

千鶴は小さく息を漏らし、彼の下着から肉棒を引っ張り出す。

「ほらぁ、三男さんもこんなになっているじゃない」

「ううっ……」

「シィーッ。ダメよ、声をあげちゃ」

義母の手は優しく肉棒を扱《しご》く。それは自分自身にも言い聞かせているようだった。

やがて二人は折り重なるようにして、布団に身を横たえていった。

「どう？　興奮するでしょ」

千鶴は手淫しながら彼の上にのしかかる。

「お義母さん……」

「悪い母親だとわかっているわ。でも、こうしなければいけないの」

義母のぷるんとした唇が押しつけられる。

のたうつ舌が伸ばされると、三男も歯を開き、自然にそれを受け入れていた。

「べろっ……ちゅばっ」

「んふうっ、ちゅるっ」

静かにしようとすればするほど、唾液を啜り合う音は高く響いた。

三男は夢中で義母の舌を吸いながら、自分もこの悪徳にはまり込んでいくのを感じていた。

そして千鶴はこう言ったのだ。

「これが最後よ。これであなたも大河原家の正式な一員になるの」

「はむっ──ああ、お義母さん……」

仰向けの三男の胸に千鶴の乳房が押しつけられていた。その感触はあくどく股間を刺激しつつも、どこかホッとするような温もりを感じさせた。

すると、千鶴はむくりと起き上がり、ネグリジェを肩から脱ぐと、両手で乳房を抱《かか》えて迫ってきた。

「吸って」

酸いも甘いも嚙み分けた熟母の目はとろんと蕩けている。先ほど彼女は血を受け継ぐ者としての義務のように言ったが、実際は自《みずか》ら望んで行為に及んでいるように見えた。

三男は頭がカアッとして、無心に乳房にしゃぶりつく。

「ちゅばっ、んばっ」

「んんっ。すごい……」

三男は両手に乳房を摑み、無我夢中で交互に吸いついた。今も、これが正しいことだとは思っていない。だが、風習のいわれにあるように、悪徳はときに必要とされる場合もあるのだ。

千鶴もしばらく彼の頭を抱え、愛撫に喘いでいた。

「あんっ、んっ……ああ」

「ふうっ。ちゅろっ、ちゅばっ」

「三男さん、音を立てちゃダメって言っているでしょう」

指摘されて初めて三男は気づき、肝を冷やす。こんなところを妻に見られたら弁解のしようがない。しかし、幸い優奈は深く眠っているようだった。

すると、千鶴は彼の顔から退き、股間のほうへと体をずらしていく。

「しゃぶって、いい？」

三男の浴衣はすっかりはだけてしまい、肉棒は怒髪天《どはつ》を衝《つ》いていた。

彼は黙って義母の要求を受け入れた。

「昼間の時より硬くなっているみたい」

千鶴は言うと、彼のパンツを脱がせ、反り返った逸物をぱくりと口に含んだ。

肉棒に悦びの戦慄が走る。

「うっく……」

三男は声が出そうになり、慌てて自らの口を塞ぐ。

股間では、千鶴がゆっくりと顔を上下させはじめた。

「んぐちゅ、じゅるっ」

「ふうっ、ふうっ」

「どんどん大きくなっていくわ……」

逸物を頬張り、上目遣いに見る熟女は淫らだった。

三男は喘ぎながら、ふと視線の先に眠る妻のシルエットを捕らえる。

「ううっ……」

激しい背徳感に責め苛《さいな》まされずにはいられない。だが、これは宿命なのだ――いつしか彼は大河原一族らしいものの見方をするようになっていた。

義母は顔を横に倒し、太茎を唇に挟んでしゃぶりたてる。

「みちゅ……んふうっ。おいひ——」

その間にも、手は陰嚢を揉みしだいていた。

老練なテクニックに三男は声をあげそうになってしまう。

「ハアッ、ハアッ。あああ……」

いっそこのまま果ててしまいたい。彼は思うが、義母がそんなことを許すはずもなかった。

「ぷはあっ……。もういいわね」

千鶴は言うと、また三男の上に覆い被さってくる。

「お義母さん、俺……」

「何も言わなくていいの。お義母さんに任せなさい」

至近距離で見つめ合う目と目が通じ合っていた。暗がりに男女の切迫した呼吸が響き、生々しい愛欲の匂いが充満していた。

「ん……」

腰の上に跨がった千鶴は逆手《さかて》に肉棒を摑み、慎重に花弁へと運んでいく。

「ふうっ、ふうっ」

「あふうっ、入ったわ」

「おうっ」

温もりが肉棒を包み込む。昼間結ばれたときよりも、溢れ出る愛液の量が多く感じられた。

騎乗位で千鶴は腰を振りはじめた。

「んっふ、あん……」

彼女は今何を考えているのだろう。三男は義母を見上げながら思う。すぐそばに娘が寝ている前で、その夫と交わっているのだ。少しは罪の意識を感じているのだろうか。

しかし、千鶴もまた自身の夫を「婿殿籠り」に送り出した経験があるのだ。文彦がかつて万里子と肉を重ねたのは間違いない。そのとき義母は、どんな思いでいたのだろうか。

「あふうっ、んんっ……」

だが、今の千鶴はウットリとした表情を浮かべ、ひたすら肉棒を抜き差しする悦びに浸っているようだった。彼女もやはり「乗り越えた」一人であった。

「お義母さん……」

三男は吐息混じりに呼びかけると、義母の顔を引き寄せた。

覆い被さる千鶴はすぐに舌を絡めてくる。

「どうしたの……ちゅぱっ。つらそうな顔だわ」

「こうしていないと……レロッ。声が出てしまいそうなんです」

「そうね。お互いの口を塞ぎ合いましょう」

ねっとりと舌が絡み、唾液が交換される。三男は夢中で義母の舌を吸った。こうしていれば、声を漏らさないだけでなく、視界から妻の寝顔を覆い隠せる。

それでも千鶴は腰を振るのをやめなかった。

「んふうっ、ちゅぱっ。んんっ」

「んぐちゅ、レロッ。ううっ……」

太竿を咥え込んだ蜜壺が、ぬちゃくちゃと湿った音を立てた。牝汁はとめどなく噴きこぼれ、三男の股間を水浸しにしていった。

キスの合間に千鶴が囁く。

「これが最後なのよ。いっぱい愛して」

「は、はい……」

「ねえ、一つお願いがあるの」

「何ですか？」

「一度でいいから、わたしのことお義母さんじゃなくて、千鶴って呼んで」

女の性《さが》であろうか。千鶴は甘えるような声で言った。愉悦に身を委ね、つい本音が漏れてしまったという感じだった。

(可愛い……)

三男の胸はキュンと締めつけられる。十六も年上の人妻が甘えてきたのだ。義母と婿という関係さえなければ、ひとりの男と女にすぎないのだ。

だが、やはり義母は義母であった。そうすんなりと下の名前で呼ぶことはできなかった。

「ハアッ、ハアッ」

代わりに彼は起き上がり、対面座位の形をとった。

膝に抱きかかえられた千鶴はうれしそうだった。

「三男さんって、意外に逞しいのね」

「俺もたまらなくなっちゃって」

「オチ×チンの先っぽが、奥に当たっているわ」

「うん。千鶴……」

彼は短く言うと、照れ隠しに唇を重ねた。

だが、千鶴の耳にはちゃんと届いていたようだ。

「はむっ――うれしい。好きよ」

劣情は燃え上がり、千鶴が再び尻を上下させはじめた。

「んああっ、ああっ、イイッ」

「ハアッ、ハアッ。おお……」

三男はその腰を支え、自らも下から突き上げようとした。

「あっ、あんっ、ああっ、んふうっ」

千鶴は体を弾ませながら、苦しそうな息を吐く。肌はしっとりと汗をかいて湿っていた。

その胸元に三男は顔を埋《うず》める。

「ふうっ、ふうっ」

「あっ……んんっ」

当初はたしなめる側だった千鶴が、喘ぎ声を抑えられなくなってきたようだ。わななく手が虚空で何かを探るように動いた。

「千鶴さん……？」

「閉めて」

「はい？」

「襖。わたしもう――んふうっ」

隣室とを仕切る襖を閉めてくれと言うのだった。だが、そうするにはいったん結合を解かなければならなかった。

「ハアッ、ハアッ」

寸時でも離れたくない。快楽に浸る三男は思うが、自分もいつ声が出てしまうかわからなかった。

やがて千鶴が渋々といった感じで上から退いた。

「ふうっ……。お願い」

「はい」

しかたなく三男は手を伸ばし、音を立てぬよう襖を閉める。その瞬間、布団に横たわる妻の横顔が目に入った。よく寝ている。そう言えば、夕食のときやたら義母と万里子が彼女に酒を勧めているのを思い出した。すべてはこのためだったらしい。

ともあれ、間仕切られたことで視界は遮《さえぎ》られた。音に関しては、襖一枚では心許《もと》ないものの、筒抜けよりはマシになったと思われる。

「大丈夫みたいです」

襖を閉《た》てた三男が振り向くと、千鶴は四つん這いになって待ち構えていた。

「ねえ、今度は後ろからちょうだい」

彼女は流し目を送り、発情した雌犬のように尻を振っていた。

なんと淫らな熟妻だろう。三男は改めて義母の淫蕩さに目を瞠《みは》る。千鶴のこの性質が、いくばくかでも娘にも引き継がれているのだろうか。そう思うと、彼はまだ妻のことを本当にはわかっていないような気がしてきた。

三男の目は、千鶴のたっぷりとした尻に注がれていた。

「ごくり……」

白い尻には染み一つなく、媚肉の鮮やかな色とコントラストを成していた。花弁は白い泡をこぼし、ヌラヌラと濡れ輝いている。

たまらず彼は身を屈《かが》め、割れ目に鼻面を突っ込んでいた。

「びちゅるっ、じゅぽっ」

「あふうっ、何……？　ああん、三男さんどうしたの」

挿入を待っていた千鶴は鼻を鳴らすが、嫌がっているわけではないようだ。

三男は夢中で熟れた媚肉を貪《むさぼ》った。

「ちゅばるろっ……むふうっ、千鶴さんのオマ×コ」

「んああっ、三男さん。あなた変わったわ」

「開き直っただけですよ。んばっ、じゅるるるっ」

義母の牝汁を啜りながら三男は言った。

千鶴がビクンと体を震わせる。

「んふうっ、上手《じょうず》……これきりだなんて思いたくない」

「俺もです。じゅぱっ」

それが二人の本音だったとは言いきれない。許されざる行為をしているという背徳感が、正反対のことを口走らせていたにすぎないのかもしれない。

三男は義母の尻を抱え、生温かい媚肉を舐め回した。

「じゅぷ……ふぁう。レロッ」

口の周りをベトベトにし、彼は夢中で舌を働かせた。目の間には、放射皺を刻んだアヌスが息づいているのが見えた。

「エロいお義母さん……」

勢いのまま三男の舌はアヌスをくすぐった。

とたんに千鶴が嬌声をあげる。

「んああっ、イヤッ……。ダメよ、そこは」

「ハアッ、ハアッ。べちょろっ、じゅるっ」

息を切らし、三男は放射皺の一本一本をなぞる。同時に指は割れ目をかき回し、勃起した肉芽を捏ねていた。

さすがの千鶴も、この三点責めはこたえたようだった。

「あっふう、ダメ……んああっ、オチ×ポちょうだい」

「どうしてほしいんですか」

「三男さんの大きいのを……あんっ。わたしのオマ×コに挿れてっ」

声を抑えようとする分、言葉は吐息交じりになる。肘を折り、顔を突っ伏して愉悦に耐える熟女の姿は淫らだった。

「ぷはあっ……お義母さん、いきますよ」

顔を上げた三男は、改めてバックから挿入する体勢になる。膝立ちで尻の前まで迫り、カチカチに勃起した肉棒を濡れた花弁に突き立てた。

「おうっふ……」

「んあ……きた」

硬直はぬぷりと突き刺さり、四つん這いになった千鶴の背中が震える。

三男は尻たぼを抱えたまま、しばらく挿入感を愉しんでいた。

「千鶴さんの中、あったかい」

「三男さんのも、硬くて熱いわ」

「もうこれで最後なんですね」

「そうよ。最後なのだわ」

「千鶴さんっ」

辛抱しきれなくなったように三男は抽送を繰り出した。

「ハアッ、ハアッ」

「あっふ……んあぁあっ」

蜜壷はかき回され、ぬちゃくちゃと濁った音を立てる。

千鶴は背中の窪みを深くさせた。

「はひぃっ、あああっ」

「おおおっ……」

しんねりと包み込む蜜壺が、義母の劣情が深まるとともに、生きたもののようにうねうねと蠢《うごめ》きはじめる。

思わず三男は天を仰いだ。

「うはあっ、それヤバイ――」

彼が喘いだ拍子に太茎が奥に突き立てられる。

「あふうっ……」

千鶴が息を吐きながら、グッと身を縮めるようにする。腹筋が収縮し、その圧力がまた肉棒へと返ってくる。

「うはあっ、う……」

ここに快楽の永久機関が生まれていた。互いの欲望が相手の性感帯をくすぐり、悦びは交歓し合うことで、ますます増幅していくのだった。

三男はこめかみに汗を浮かべ、硬直を尻に叩き込んでいた。

「ハアッ、ハアッ、ハアッ」

義母のたっぷりした尻は、娘婿のがむしゃらな抽送を柔らかく受け止めた。無数の襞が竿肌を舐め、粘膜が奥へとたぐり寄せていくようだった。

「ふうっ、ふうっ。んあ……イイッ」

突っ伏して尻を持ち上げた千鶴も息を切らせていた。

「うぐっ……ハアッ、ハアッ」

「奥に……当たってる。三男さんのが……あふうっ」

「お義母さんっ、千鶴さんっ」

欲望の塊《かたまり》が陰嚢の裏から突き上げてくる。三男のグラインドは速度を増し、快楽の波は高まる一方だった。

「んあああっ、いいの……」

千鶴の愉悦も右肩上がりのようだ。しかし、あまりの気持ちよさに耐えがたいのだろう。昇り詰めていくにつれ、正反対に彼女の体は沈んでいった。

やがて二人のタイミングがずれる瞬間が訪れた。

「──あっ」

「んんっ……」

三男が腰を引くのと同時に、千鶴の膝がガクリと崩れ落ちたのだ。その勢いで肉棒は抜け落ちてしまう。

突っ伏した千鶴は苦しそうな息を吐いていた。

「ひいっ、ふうっ、ひいいっ、ふうっ」

かたや三男は膝立ちのまま、やはり肩で息をしていた。

「ハアッ、ハアッ、ハアッ、ハアッ」

こんなに興奮したのは初めてだった。義母を抱く。当初は異常としか思えなかった背徳の園も、踏み入ってしまえば、そこには得も言われぬ快楽が約束されていた。大河原家へ来る前の彼と今の彼は別人になっていた。これで最後かと思うと惜しいようにも思われる。

やがて少し息の整った千鶴が、うつ伏せから仰向けの姿勢になった。

「外れちゃったね」

「みたいですね」

「最後はどうする？」

「俺が上になっていいですか」

「いいわ。いらっしゃい」

短いやりとりを済ませると、千鶴が股を開いて誘ってきた。

互いの思いは通じ合っていた。三男は上に覆い被さりながら、今ほど義母とわかり合えたことはないと感じていた。

「いきますよ」

肉棒は青筋を立てたままだ。彼は根元を支え持ち、もはや馴染みとなった義母の割れ目にゆっくりと押し込んでいく。

「おうっ……」

「あああ、きた——」

そうして正常位で再び繫がる。硬直はまるで誂えたように蜜壺へと収まった。

両手をついた三男は義母を見下ろす。

「いろいろとありがとうございました」

「改まってどうしたの」

聞き返す千鶴の目は慈しみに溢れていた。

三男は答えようと口を開きかける……が、言葉が出ない。何と言っていいかわからなかった。普通に考えたら、お礼を言うなどありえない。彼自身もよくはわかっていなかったのだ。

しかし、代わりに彼は行動で示した。

「お義母さん……」

呼びかけるなり、三男は腰を振りだした。

千鶴は悩ましい声をあげる。

「んあああっ、三男さん……」

「ハアッ、ハアッ。千鶴さんのオマ×コが……ぐふうっ」

「あっひ……イイッ。ああ、どうしちゃったの。激しい――」

のっけから三男の抽送は激しく、千鶴はうれしい驚きを表しながら、自らも媚肉を押しつけるようにしてきた。

「ハアッ、ハアッ、ハアッ」

「あっ、んああっ、イイッ」

太茎はねじ込まれ、割れ目は蜜を吐いた。性器は互いの愛液に塗れ、ドロドロになっている。それらは一つに溶け合い、男女に悦楽をもたらした。

「あああっ、千鶴さんっ」

たまらず三男は身を伏せて義母の体を抱きしめる。

千鶴は悦びの声をあげた。

「素敵よ、三男さん……」

どちらからともなくキスを求め合う。互いを呑み込もうとするように口を開き、舌を絡めて唾液を交換した。

「びちゅるっ、レロッ」

「はむ……みちゅっ、ちゅばっ」

千鶴は純粋な性の化身であった。汲めども尽きせぬ愛欲の泉なのだ。彼女はうっとりと男を眺め、触手のように舌を伸ばして悪徳を味わっていた。

「オチ×ポ、好き……」

千鶴の手が彼を抱きしめ、背中に爪を立てる。

鋭い痛みが三男を襲う。

「うぐっ……」

だが、それは心地よい痛みだった。男を知り尽くしているはずの義母が、それだけ夢中になっている証拠だからだ。

息遣いも荒く、三男が耳元で囁く。

「お義母さん、俺もう……イッちゃいそうです」

「ああっ、いいわよ。わたしも……あふうっ、一緒にイこう」

慎《つつし》みをかなぐり捨てた熟母の舌が娘婿のうなじを舐めた。

ゾクリとした快感に三男は身震いする。

「はううっ、それ……」

「あふうっ、可愛いわ」

「千鶴さんも、綺麗です」

「優しいのね……んんっ、食べてしまいたい」

千鶴は蕩けた目で見つめ、両手で彼の頬を挟んで舌をねじ込んできた。

「べちょろっ、んばっ」

「うふうっ、ふうっ……ちゅぼっ」

三男は背中を丸め、キスに応じながらも、下半身に重苦しさを感じていた。

「ぬふうっ……レロ……ううっ」

そうしながらも抽送は続いていた。肉棒は、もうこれ以上ないほどに張り詰めている。膣壁がうねうねと竿肌を舐めていた。

たまらず彼は舌を解いて体を起こす。

「ぷはあっ……ハアッ、ハアッ」

「はひぃっ、イイッ……。イキそ……」

千鶴も昇り詰めつつあるようだ。キスを解いたとたん、彼女は顎を反らし、手足を伸ばしてシーツをまさぐるような仕草をした。

「あっふ、奥に当たるの……んあああっ」

不用意に高い声を漏らしてしまう。抱き合う二人は一瞬ヒヤッとしたが、隣室は静かなままだった。それだけ千鶴も昂《たかぶ》っているのだ。

三男はラストスパートをかけた。

「千鶴さんっ」

「んあっ……三男さぁん――」

「うあぁぁぁっ」

彼は義母の尻を抱えるようにして、滅茶苦茶に突きまくる。

蜜壺はかき回され、白く濁った泡を噴きこぼした。

「あひぃっ、イクッ。イッちゃううぅ」

「イキますよ。このまま……うううっ」

「イッて。わたしも――んああっ、ダメえっ」

「お義母さんっ」

三男が突き入れたとき、マグマは沸騰し、白濁泉は噴き出した。

「ぐふうっ……」

射精の瞬間、三男はすべてが許された気がする。

千鶴の絶頂もほぼ同時に起きた。

「あ……」

一瞬空白の間があり、義母は虚空《こくう》を見据える。

しかし次の瞬間、彼女は全身をわななかせていた。

「はひぃっ、イクッ……イクううーっ！」

痙攣は下腹部から起こり、全身へ広がっていく。熟女のたっぷりした肉が震えるのが目で見えるほどだった。

「あうっ、イイッ……」

そしてもう一度、頂点を嚙みしめると、千鶴はガクリと脱力したのだった。

「ハアッ、ハアッ、ハアッ、ハアッ」

「ひぃっ、ふうっ、ひぃいっ、ふううっ」

凄まじい同時絶頂にしばらく二人は動けなかった。すべて終わったのだ。妙な達成感と少しの寂しさが義母と娘婿を包んでいた。

先に立ち直ったのは、やはり千鶴であった。

「三男さん、重いわ」

「あ、はい。すみません」

慌てて三男が退くと、結合が外れた。肉棒はまだ硬度を保ったままだった。一方、花弁はぽっかり口を開け、淫らに白いよだれを垂らしていた。

「おめでとう。これで婿殿籠りは終了よ」

ネグリジェを引き寄せながら千鶴は言った。

興奮冷めやらぬ三男にも、その意味が徐々に染み渡っていく。

「それじゃあ、もう……」

「ええ。あなたは明日帰るの」

千鶴の顔は満足そうだった。三男はホッとしながらも、義母の体を名残惜《なごり》しそうに眺めている自分に気づき、振り払うように首を振った。

「じゃあ、おやすみ。今日はゆっくり寝るのよ」

「おやすみなさい。お義母さん」

千鶴はそれだけ言うと、布団を片付けて離れをそっとあとにした。

その後、三男は静かにシャワーを浴び、広間に戻った。相変わらず優奈はよく眠ったままだった。

「ただいま」

彼は妻に向かって囁くと、晴れ晴れした気分で布団に潜る。

一連の儀式は終了したのだ。大河原家で過ごした日々は、男としての新たな一面に気づかされ、女というものを改めて教えられた期間であった。自分が正しいことをしたとは決して思わないが、避けて通れるものでもなかった。

結局、わが妻は大河原家の一族であるということだ。そして三男もまた、今や立派な一族の一員であった。

ともあれ、これでまた妻との平凡な毎日に戻れるのだ。彼はうれしさに包まれて深い眠りに就いたのだった。

翌朝、目覚めた三男は驚くことになる。隣で寝ていたはずの優奈がいないのだ。

「先に起きたのかな……」

彼は母屋へと赴《おもむ》いた。今日は久しぶりに夫婦水入らずで家に帰るのだ。その思いが不安に変わっていくのを覚える。

だが、母屋にも妻の姿はなかった。それどころか千鶴や万里子も見えない。

三男がまごついていると、そこへ心春が現れた。

「心春さん、優奈やお義母さんたちはどこへ……?」

「これをお預かりしております」

心春はそれだけ言うと、彼に紙片を手渡す。置き手紙のようだ。そこには義母の筆跡で、「優奈はしばらく預かる」という趣旨のことが記されていた。

「まさか優奈も……!?」

呆然とする三男だが、何となく理由はわかる。千鶴の仕業だ。彼が寝ている間に万里子と共謀し、優奈を連れ去ったのだろう。今度は妻に「夫を悦ばせる方法」でも仕込むつもりだろうか……。

（了）

◎本作品の内容はフィクションであり、登場する個人名や団体名は実在のものとは一切関係ありません。

◉新人作品**大募集**◉

マドンナメイト編集部では、意欲あふれる新人作品を常時募集しております。採用された作品は、本人通知のうえ当文庫より出版されることになります。

【応募要項】 未発表作品に限る。四〇〇字詰原稿用紙換算で三〇〇枚以上四〇〇枚以内。必ず梗概をお書き添えのうえ、名前・住所・電話番号を明記してお送り下さい。なお、採否にかかわらず原稿は返却いたしません。また、電話でのお問い合せはご遠慮下さい。

【送付先】 〒一〇一ー八四〇五 東京都千代田区神田三崎町二ー一八ー一一 マドンナ社編集部 新人作品募集係

義母《ぎぼ》の淫《みだ》らな家《いえ》 艶女《えんじょ》たちの因習《いんしゅう》

二〇二三年八月十日 初版発行

著者◉伊吹功二【いぶき・こうじ】

発行◉マドンナ社
発売◉二見書房 東京都千代田区神田三崎町二ー一八ー一一
電話 〇三ー三五一五ー二三一一(代表)
郵便振替 〇〇一七〇ー四ー二六三九

印刷◉株式会社堀内印刷所 製本◉株式会社村上製本所 落丁・乱丁本はお取替えいたします。定価は、カバーに表示してあります。
ISBN978-4-576-23084-9 ◉Printed in Japan ◉©K.Ibuki 2023